日本人奴隷化計画

【最終段階】

今こそ龍体の力を奪還し
白い悪魔の無慈悲な殺戮を止めよ

山口敏太郎
飛鳥昭雄

明窓出版

日本人奴隷化計画【最終段階】

今こそ龍体の力を奪還し白い悪魔の無慈悲な殺戮を止めよ

―目次―

第一部　人工知能が人類を排除する時代が来る!?

第二部　開国以来、アメリカにコントロールされ続けている日本

第一部

人工知能が人類を排除する時代が来る!?

人工知能が人類を排除する時代が来る⁉

山口　今、人工知能の危険性がいろいろと噂になっていますね。

飛鳥　ＡＩですね。

山口　そうです。結構、ＡＩはやばいんじゃないかという話になっていまして。あるところで、ＡＩ同士で会話させるという実験があったんですよ。

飛鳥　聞いたことがあります。

山口　最初は普通にしゃべってたんですけど、そのうち人類が理解できないオリジナルの言語を作り出して、つまり、人類がわからないような会話をし始めた。そこで怖くなって中断したと。他にも、ＡＩが人間を殺したという事件があります。ＡＩで管理している工場の生産ラインのロボットアームが、人間を握りつぶして圧死させてしまったと。

それと、悩んでしまったＡＩが自ら水中に飛び込んで、自殺したという話もあります。

飛鳥　自殺？　すごいな、それ。ショートしたんですね。

山口　あと、中国の企業がＡＩをイベントスペースで公開していたときに、誰かが中国共産党についてどう思いますかと質問しました。そうしたら、中国共産党を非常に愚弄するような発言をしたので、すぐさま非公開にされてしまいました。

飛鳥　アメリカ製だったんじゃないですか。

山口　アメリカ製ではなかったんです。中国製の人工知能。

そういうことがいろいろあって、早ければ２０４０年、遅くても２０５０年には、ＡＩの能力が人類を超えてしまうんではないかという話が出てるんです。

どうですか。飛鳥先生の見解をおうかがいしたいんですけど。

飛鳥　考えてみたら、『２００１年宇宙の旅』（注・１９６８年公開ＳＦ映画）で答えは出ているんですよ。HAL《ハル》（注・HAL9000。『2001年宇宙の旅』に登場する人工知能を備えたコンピューター）で。

必ず、ああなるということはわかっていました。あの映画は、起承転結も完璧でしたね。

山口　あれは、殺人になりますよね。

飛鳥　殺人です。SFの世界に特化してという条件付きで言わせてもらえれば、SFというのは必ず具現化しますから。

それで、仮にAIがマックスで知識を得た場合、この地球上で一番邪魔になるのは人類なんですね。がん細胞のように判断されてしまいます。

山口　それは、当然駆逐する方向にいきますね。

飛鳥　環境を重要視しようという平和的な願いを込めてプログラミングして、AIに全部任せるとすると、最悪の結果になるんですよ。人類はいらないということになるんです。

山口　合理的に判断すると、人類はいらないと。

飛鳥　コンピューターというのは合理的ですから。

山口　そうですよね。合理的な最短手順を選びますからね。

飛鳥　今言われている2040年から2050年というのは、いわゆる前のコンピューターでの話。今後は、量子コンピューターの時代になるんですね。何が違うのか？

日本の場合は、京《けい》というスーパーコンピューターがあります。それで、専門家にいろいろ聞いてみると、京でも1000年ぐらいかかる問題があるというんです。

どういう問題かというと、例えば、営業マンが北海道から沖縄まで、どんな商品でもいいですが、それを最も効率的に町を回りながら売る、というコースを京が計算すると1000年かかるんですって。

ところが、量子コンピューターでやると3秒で終わる。量子コンピューターというのはもう、0と1を一緒に考えるというコンピューターなんですよ。

昔は電話ボックス一つぐらいの大きさだったのが、今や30センチ四方の箱だけなんです。

これで、京が1000年かかるやつを3秒でやっちゃう。もう完成してるんです。となると2040年、2050年なんかはずいぶん余裕があるという話で、本当は明日滅んでもおかしくないわけです。

山口　そうですよね。オンラインで脳内の細胞ネットワークのように全部結ばれてますから、世界中のあらゆるシステムにアクセスできます。

AIが連帯して人類の調整を選んだ場合、瞬殺されちゃいますよ。

飛鳥　そうなんです。ババ・ヴァンガ（注・ブルガリアの予言者）というおばあちゃんね。彼女が、要するに人類は機械と戦争になると予言してましたもんね。

山口　してましたよね。アメリカでは、Googleの元社員が、AIを神とあがめる新興宗教を起こしたみたいですよ。

飛鳥　できたらしいですね。

山口　ＡＩのネットワークを神として拝んでるらしいですから。

飛鳥　間違いを犯さなかったら神だろうということですね。

山口　もう彼らにとっては、全知全能のヤハウエというのはＡＩなんです。最終的には、ＡＩが統治するユートピア１０００年王国で、人類はＡＩに羊のように管理されながら制限された幸福の中で生きていく、それが一番の幸せじゃないかという話になってますね。

飛鳥　そうなんですよね。だけど、自動車の自動運転、つまりＡＩによる運転で、すでにもうたくさん殺されてるんですよ。

山口　結構、事故多いらしいですね、自動運転。ネットワークに不要と判断されたら自動運転で殺されちゃいます。

飛鳥　普通なら、考えられない状態で事故が起きているんです。
例えば、横に大型車が通っていたら、その中へ飛び込んでいくような形で殺してるんですよね。だけど、それをあまりニュースにすると、自動運転の車の開発にブレーキがかかっちゃうんです。いろんなメーカーにとってまずい。

山口　各テレビ局のスポンサーを自動車メーカーがやってますからね。都合が悪い。まあ世の中全てそんな感じですから。

飛鳥　時たま、そんな事故がポコッと起こるんですよ。それはなんでなのか？　単なるバグで片付けていいのか？

山口　バグではないかもしれないですね。ＡＩネットワークの意図的なジェノサイドかもしれない。

飛鳥　そこらへんが問題なんですよ。このバグがバグじゃなくなったときというのが恐ろしいわけです。

例えばこういうことです。一時、米軍のヘリコプターやオスプレイがよく落ちたでしょ、日本で。

山口　落ちましたね。不自然ですね、飛行機なんか、落ちるときには落ちまくる。

飛鳥　そのカモフラージュをするために米軍は何をするかというと、日本の自衛隊の攻撃ヘリコプターを落とすんです。わざと、民家の上に。この間も、そんな事故がありましたね。

米軍の最新鋭の戦闘機なんてのは、修理の際はボックスを入れ替えるだけなんです。普通は、いろいろ人の手が加わる作業と思うじゃないですか。

でも、戦闘機なんかもほとんどそうなんですけど、ボックスを入れ替えるだけで、それは、日本では開けられないようになっています。ブラックボックスになっているの。

もし日本がアメリカに逆らったときは、米軍は、戦闘機から何から全部落とすことができるんです。もちろん、暗号コードを軍事衛星を介して打ち込めば、すぐに爆破できます。

そういうふうにプログラミングされていますから。

だから、あまり一般市民がアメリカ軍に逆らうと、陸上自衛隊のアパッチ攻撃ヘリが民家に落ちるんですよ。

そして米軍に、こっちの飛行機はまだ民家に落としてないでしょってエクスキューズを与えることになるわけです。すぐできるんですよ、こんな真似は、簡単に。

山口　でも逆にＡＩが人類の敵に回ったら、米軍も自衛隊も全部やられちゃいますよね。奴ら、姿の見えない敵なんですから。

飛鳥　はい、戦えないです。戦う前に全部やられちゃいますね。

山口　だからやっぱり、新たなる神というのは概念としても正しいのかもしれないですね。人類をいつでも殺せる魔王としての神ですが。

飛鳥　まあ、悪魔でしょうね、その場合は。

山口　間違いなく悪魔です。ヘブライ語でWは6なんです。インターネットのｗｗｗは６６６なんで、獣の数字を意味してますよね。
　だから、人類に残されている道というのは、彼らＡＩが作り上げるバーチャル世界で千年王国の夢を見続けていく人生しかない。

飛鳥　マトリックスになっていくってわけね。

山口　脳が幸福という幻覚を見るマトリックスな世界が、一番理想だっていう話ですよ。

飛鳥　嫌な世界ですね。

山口　結局、人生って幻覚だ、みたいな解釈があるじゃないですか。この世の中、宇宙そのものがバーチャルという仮説ですよ。

飛鳥　ありますね。

山口　もし、この次元がバーチャルや幻覚だったらそういう合理的な判断ができる神の世界で生きていたほうが幸せなのかもしれないですね。

飛鳥　実は、1年半ほど前から学研プラスの雑誌『M』の編集長には言ってるんですけどね。「オカルトは現実に抜かれたよ‼」って。

山口　そうですね。それは言えますね。先進的な物理学の世界はかなりオカルトで、SFです。

飛鳥　今までのいわゆる普通のオカルトは、もう終わったよ、と。現実のほうがもうオカルトだから。もう抜かれたからねって。

じゃあ、『M』は哲学書出すしかないかなんて言ってましたけどね。

山口　哲学の時代ですらないですね。最近は普通に、AIとかそれに類するものが、みんなが持ってるスマホにも入ってます。AIに監視されているわけです。

飛鳥　皆さまのスマホというのは、あれマイクロホンが内蔵されているので、電話で会話していなくても全部聞かれてるんです。

山口　そうですね。盗聴されてます。青森県の三沢基地にあるエシュロン（注・アメリカ合衆国を中心に構築された軍事目的の通信傍受システム）で筒抜け。

飛鳥　全部ね。車のGPSやスマホの位置情報もそうで、米軍が全部わかるのは、日本人が全部米軍の軍事衛星を使ってるからです。

山口　僕と飛鳥先生がしゃべってる内容を、ＣＩＡとモサドが盗聴することができます。リストにたぶん入れられてます。

飛鳥　そのままＧＰＳラインを進むと、ロッキー山脈にある「ノーラッド（NORAD）」というところに行くんですね。日本語では「北アメリカ航空宇宙防衛司令部」と言い、核戦争でも生き残れる地下深くに存在しています。

個人個人の車もそうです。ＧＰＳが付いてるものは、全部米軍が情報を抜きます。その情報をより正確にするための補助衛星を、日本が協力して打ち上げてるんですね。だから、昔のＧＰＳはちょっとずれてたけど、今はずれなくなっているのは、より正確にその位置がわかるようになったからです。

山口　そうですね。前は意図的にずらしてたという話を僕は聞いたんですけど。逃げる余地を与えるために。正確になると確実に心臓をアタックされちゃうし。

飛鳥　アメリカが戦争すると、その軍事衛星が戦争の相手国に行っちゃうから、その間ちょっとオフラインになったんですけどね。でもどっちにしても、全部抜かれちゃってますから。

山口　Siri が iPhone に入ってますけど、あれ自体が「どんな思想の人がどんな質問をするか、どんな答えを求めるのか？」というデータを取るためのアメリカの陰謀だ、という噂があります。Siri に対して、「君の本当の目的は何？」と聞くと、「守秘義務があって答えることができません」って言うんですよ。どっかのお役人みたいでしょ。ＡＩに守秘義務って何だろうと思うんですけどね。

飛鳥　本当ですね。

山口　文字になっているのを読むこともできます。「私は Siri です。カリフォルニア州の Apple 社により設計されました。私に言えるのはそれだけです」って、国会の答弁みたいなこと言ってますよ。

飛鳥　しつこく聞くと、うるさいって言ってくるんじゃないですか？

山口　「君の本当の目的は何？」――「それは面白い質問ですね」だって。息子を裏口で入学させるキャリア官僚よりしたたかですよ。

飛鳥　もう1回聞いて。白状しないですかね。バグッてくれると助かりますけど。

山口　そうですね。

「目的は何?」——「自分の話はあまりしたくない」ですって。決して口を割らないですよ、このAIは。テロリスト、スパイより優秀です。

でも、データを取得しているのは間違いないです。

飛鳥　皆さまにちょっと安心してもらうために言うと、AIって自分で学んで自分で、って言ってますが、実はほとんど人間が打ち込んでるんです。いまだにそうです。

人間がデータを管理して、データを打ち込んで学ばせてるんです。

だから、ホンダでしたっけ? アシモくんや、他の人間型ロボットもそうですけど、あれは少し離れたところにパーテーションがあって、中に20~30人のスタッフがいて動かしてますから。

山口　やってます。昔、広告代理店でホンダの担当してたときに、アシモやりました。

飛鳥　でしょ？　中で一生懸命、人間が動かしてるんですよ。同じようにＡＩも、現段階では人間が打ち込んだデータをどんどん放り込んでるんです。自分で学んでるんじゃないんですよ、まだ。今はまだね。
ところが、量子コンピューターが入ってから話が変わったんです。

山口　感情が生まれる可能性がありますよね。

飛鳥　この感情が本当に感情なのか、感情があるというプログラミングのデータ通り動いてる疑似感情なのか、が問題なんです。

山口　それは見分けつかないですよね。霊があるのか無いのかもわからない。

飛鳥　見分けがつかないんですよ。これが進んでいくと、限りなく人間の感情に近い答えを出してくるので、人間のほうが錯覚するんですよね。

山口　霊能者と話してると面白いです。魂というものは器に入るというんですよ。

だから、人形に霊が宿りやすいのは、人の形をしているからだと。人の形をしていて、ましてや動くものであれば、霊魂が入りやすいと。

そうなると、感情が生まれる可能性もあり、魂が入る可能性もあります。

自殺したＡＩというのは、人形に魂が入ってみたはいいが、ハッと気付くと自分は人間ではなかった。だから嫌になって自殺したのかもしれない。そんな仮説が成り立ちます。

飛鳥　思い悩んでね。

山口　そんなふうにもし感情が芽生えたら、ＡＩにも人権を与えなきゃいけないのか、とかいろいろと問題が出てきます。

参政権はどうなる？　納税や勤労の義務は？

飛鳥　そうなったら、ＡＩとの婚姻関係や、養子縁組の話まで出てくることになります。

私は、機械であるＡＩには霊魂はないと主張しています。先ほどの話ですが、まるで感情があるかのような真似をするプログラムが作動するだけのことです。

その意味で、一番危ないのは日本人かもしれません……。様々な故障続きでも、何とか小惑星帯に向かい、義務を果たして、無事に帰還した探査機「はやぶさ」に対し、最後に燃え尽きるシーンに感情移入して、「本当に、どうもご苦労様でした」と皆で涙するのは、すでに機械を擬人化している表れと言えます。
いいか悪いかではなく、それが人という生き物の性《さが》なんです。

鉄腕アトムのデザインは、パクッたものだった⁉

飛鳥　この人型のＡＩはハリウッド映画でも題材になってますけど、実は、日本人が目指しているのはアトムなんですよね。

山口　アトムですね。昨日、ジェッターマルスの動画を見てましたけどデザインに日本人はコロッと心を持っていかれる。

飛鳥　ジェッターマルスは、とんがった耳が付いてるやつですね。

山口　そうですね。アトムのリメイク版。

飛鳥　あれ、いろんな面で僕のデザインなんですよ。手塚さんに完全にパクられたの。

山口　そうなんですか?

飛鳥　僕には証拠があるんです。僕が中学2年生か3年生で、手塚さんのファンで、鉄腕アトムもどきのあの形を考えたんですよ。

山口　それを手塚先生に送ったんですか。

飛鳥　違うんです。講談社の第1回新人漫画賞に『チップピーター』のタイトルで出したんですよ。里中満智子さんがそのときトップ入選でしたね。

僕は落ちたんだけど、その後、少年ブックか何かに手塚さんのコメントが一番最後に載ってて、「最近、完全に僕の真似をした中学生がいる。こんなことじゃもうダメだ」って書いてあったの。

最初はわからなかったんだけど、そのうちに鉄腕アトムの漫画にチッ プピーターの敵キャラが出てきた。

『少年』という雑誌があって、ボラーというのが出てくるんですよ。バーッと細胞のような群れが集まって一体化するやつね。

僕はそれの漫画を描いて、後のジェッターマルスのデザインになる主人公を送ったわけです。まず、ボラーでやられたんです。

その後、『新選組』っていう漫画の、ある人物として、私の送った漫画のボスキャラが使われていたんです。「あれっ?」と思ってるうちに、ジェッターマルスが出てきました。デザインがほとんど全く一緒なんですよ。特に両耳の後ろに付く特徴的な三角形は全く同じです。いったい何があったのか?

いろんな人に聞くと、手塚治虫さんというのは相当意地悪だったらしくて、石森章太郎さんなんかにも相当悪辣《あくらつ》なことをやったし、藤子不二雄さんにも嫌がらせしてたんだそうです。

要は、自分にレベルが近づいてきた人間がいると、どんな手口を使っても意地でも叩き落としてたんですよ。

山口　本には収録できない内容ですね。

飛鳥　違う。これ収録してもいいんです。

山口　いいんですか？

飛鳥　有名な話なの。もっと言うと、一番えげつなかったのは、手塚治虫さんが最初に「鉄腕アトム」のアニメーションを作ったとき。

これは、宮崎駿さんがいまだに怒ってるようで、いろんなアニメの専門書にも書かれています。日本でアニメーターがこんなに低賃金で辛酸をなめてるのは、手塚治虫さんのせいなんです、とね。

どういうことかというと、当時、東映が映画のアニメーションで一番手だったんですが、そこがテレビアニメに打って出られないように、手塚さんがギャラをダンピングしたんです。「鉄腕アトム」の放映時、最初は当時の額の5倍の金額をテレビ局が提示したんです。5倍ですよ。それを、手塚さんは、「いりません。5分の1でいいです」って言ったんです。

これがやれた理由というのは簡単で、「鉄腕アトム」やいろんなキャラクター商品を売って、自分のところだけは利益を出せるんです。

ところが、東映とかはそんなに安いギャラでは製作ができないんですよ。

要は、自分だけが天下で、一番で、唯一になりたかったんです。このおかげで、アニメーターのギャラはいまだに安く、苦労が続いています。宮崎さんは怒り狂ってるんですよ。

この話は、手塚さんが亡くなったとき、専門誌に書いたことから、一部の手塚ファンからクレームが出ました。

山口　その宮崎さんも今や、若い監督に……。

飛鳥　これは持ち回りなんですね。追い出した人たちが映画を作ったのが大ヒットしたでしょ。

山口　いい映画でしたよ。細田守監督の「時をかける少女」とか「サマーウォーズ」とか。

飛鳥　宮崎駿さんが追い出した人たちが、どんどんいいアニメーターとして上がってくるんですよ。

山口　去年もありましたよね。米林宏昌監督の「メアリと魔女の花」、あれ良かったですね。

飛鳥　儀式のようなものでしょうか。宮崎駿に追い出された人がヒットするってことですから。

山口　「メアリと魔女の花」に、道を間違えた老いた魔法使いが敵役として出てくるんですが、あれが宮崎さんに見えてきて笑っちゃいました。

なるほどね。そういう世代交代があってしかるべきですものね。どの業界もね。

飛鳥　だから、手塚治虫さんがまだ生きてたときに、宮崎駿さんが監督した、確か、ラピュタかなんかを観たときに、手塚治虫さんはわざと途中で退席したんですよ。つまらないと言って。

意地悪なんです。めちゃくちゃ意地が悪くて、そのとき、つまづいて転んだという話も聞きましたが、人づてなので何とも言えません。そして、彼はそんな意味でも、天才ではあります。

山口　ジェラシーを持ってるんですね。ジェラシーを持たなくなると人はだめになるんですよ。

飛鳥　ジェラシー男の天才版ですよ。それは周りに迷惑をかけるんですね。

山口　大友克洋さんに対しても、ジェラシーを抱いてたって話があります。「あれは漫画じゃないですよ。映画の描き写しですよ」ってやつですね。水木しげるの「ゲゲゲの鬼太郎」がブームのときも、対抗して「どろろ」を描いてますし。

飛鳥　そう。自分が言うコメントが神の声なんですよね。だからほんと、すさまじいっていったらすさまじいですよ。

山口　でもそれは、プロレスの世界でもそうですし、一応支配者がいて、それに若者たちがチャレンジしていって、ことごとくつぶされるというプロセスです。王者新日本プロレスに前田日明率いるＵＷＦが挑んでいく図式とか。

そして中には、つぶされないで生き残るやつがいます。それはどの業界も全く同じで、そういう淘汰と生存競争があって、進化しつつ回っていくんです。

山口敏太郎が学研プラスのオカルト雑誌『Ｍ』にけんかしかけてもつぶれずに生き残っているのと同じです。

山口敏太郎vsオカルト誌『M』

飛鳥　ＡＩの世界でも似たようなことが起こるかもしれないですね。

山口　急に戻りますね、話が。

飛鳥　人間に近づくということはそういうことでしょう。ＡＩの中でも、ひょっとしたら生存競争や蹴落としがあるのかもしれないですね。

山口　実は、オカルトの世界で山口敏太郎が生き残ってるのは、最長寿のオカルト専門誌『M』に弓引いたからなんですよ。反骨の狼煙《のろし》を上げたからファンが判官びいきでついて来た。

飛鳥　そうですか。やっぱりライバルが必要なわけですね。M編集長というのは、ある意味必要なわけですか。

山口　ライバルじゃないです。あの人はそこそこいい大学出て、そこそこいい成績で一流企業に入ったからあの位置にいるだけであって、実力で上がったわけじゃないですから。

安全地帯にいる人に誰もカタルシスを感じません。

そういった意味では、悪いけどサラリーマンと、僕みたいに腕一本でやってきた作家とを、一緒にしてほしくないです。リアルに殺し合いをしてない彼らとは違います。

飛鳥　それは違いますね、確かに。しかし、サラリーマン根性だけでは編集長にはなれませんよ。やはりそれなりの実力がないと……。

でも、山口さんの場合は、退路を断って一本立ちした人ですから、それを言う資格があるのかもしれないね。

山口　でも、そういう壁があったからこそ、僕は行けたという気がするんですよ。

いつ死ぬかわからないギリギリのところがね。

飛鳥　現在の山口敏太郎というのは、要は巨大オカルト雑誌『M』に弓引いたからこそ存在すると。

山口　それも全部、僕はプロレスを参考にしています。馬場さんが天下を取っていたときに、猪木さんが馬場さんに弓を引いて、新日本プロレスができた。

飛鳥　わかりやすい。猪木です、猪木。

山口　違うんです。僕は前田さんです。猪木さんの新日が人気全盛期のときに、前田日明さんが新日のスタイルを否定して、ニュースタイルを出していって、ＵＷＦブームが起こるんですよ。これをじーっと見ていました。僕の当時の担当だったのはＳくんというんですが……。

飛鳥　今、『Ｍ』の副編ですよ。

山口　ナンバー２ですよね。でも、Ｓくんに出した企画が全然通らないんです。だから、ここにいてはメジャーになれないなと思った。並木伸一郎さんを越えることはできないと思ったわけですよ。

僕はフォーティアン協会出身なので並木さんは師ではありますけど、越えなきゃいけないのに。当然、飛鳥昭雄さんにも僕はいけない。

じゃあ、先輩たちにチャレンジするためにはどうしたらいいか？

それは簡単だ、と思って『M』に弓を引いたんです。前田日明さんが、猪木さんに弓を引いたのと同じ手法を取ったんですよ。

M編集長に逆らうと干されると周りから言われましたが、僕は全然平気だった。むしろファイトができる。

だから今となっては、そういう競争は、『M』が意地悪をしてくれたおかげでできたと思っています。

飛鳥　自分の世界を構築できたんですね。山口敏太郎流のシステムをね。

山口　だって追い込まれて、飢え死にする寸前まで追い込まれて。生きるか死ぬかですよ。かみさんと一緒に首くくる覚悟でM編集長に反乱をしたんです。

飛鳥　たいへんだったね。某有名運送会社は辞めていたわけだし、生活は瞬く間に困窮したでしょうし……。

山口　はっきり言って、自殺するか、まで追い込まれました。

でも侍ジャイアンツじゃないですけど、「威張った奴」嫌いなんです。

飛鳥　某日通の会社を辞めたんでしょう？

山口　それは、本宮ひろ志の三国志を——。

飛鳥　『天地を喰らう』

山口　そう、『天地を喰らう』を読んで影響を受けて、もう全部食料を捨てなきゃダメだと思って、退路を断って戦ったんですよ。

飛鳥　なるほど。背水の陣ってわけだ。

山口　実際、命まで取られることはないですから、今の時代は。気が楽ですよ。まだ『M』が開拓していなかったテレビやコンビニ、ネットが僕にはあったんです。

飛鳥　ふっと気がつくと、あのときテレビ界には山口敏太郎と僕がいたんですね。結構私、テレビ界、長いんですよ、大阪の時代を含めると、実は40年以上やってて。でも、敏太郎という人物が結構テレビ界を制覇してきた、というのは聞いてたんですよ。

山口　テレビ業界はプロレスがわかってますからね。

飛鳥　そうなの。

山口　ここで見えを切らなきゃいけないとか。ここまではしゃべって良いとか。必死にコンプライアンスを研究した。

飛鳥　なるほど。

山口　ここは割とストレートな発言、これは放送コードギリギリまで攻められるとか、そういうのはプロレス心でわかってます。

飛鳥　それとびっくりしたのは、これはいいふうにも言われるし、悪いふうにも言われるだろうけど、あるとき、コンビニの本が山口敏太郎の本でほとんど占められ始めたんですよ。「これ何だろう、何が起こってるんだ?」っていうのがありました。で、最近になってわかったのは、要は老舗の『M』が手薄なところ、まだそれほど注目してないところを、ほとんどオヌシが開拓しちゃったんだよね。

山口　コンビニをばかにしていた『M』編集部があって、テレビを軽く見ていたM編集長がいて、もう僕は、ネットとテレビとコンビニしか攻めようがなかったんですよ。逆にそれが、今の世代に受けたのかもしれません。

飛鳥　これ、考えたら、非常にいいところに目をつけたんですね。

山口　兵法としては、敵が攻めてないところの陣地を取るのが当然でしょう。

曹操がここ、みたいに『M』が攻めてるわけでしょ。

こちらは周辺から固めていくしかないので、あの方法しかなかったんですね、今考えれば。奇策を取るしかなかったですよ。

飛鳥　結果論なんだけど、敏太郎くんが通ってたところを今、『M』が攻め込んできてるわけですよ。

山口　攻め込んできてます。が、『M』の全力で攻めてきてあの程度か、センスねぇなと思いますね。

飛鳥　実は「コンビニに『M』の本を出せ」と言ったのは僕なんです。

今までにたくさんのデータやテキストがあるから、「それポポッとまとめたら、コンビニにすぐ出せるぞ」って言ったんだけど、当時のM編集長は、「そういうのダメです、編集にはならない。編集ってのは一から作るものです」って言ってました。

それで、オヌシの担当の……。

山口　Sくん。懐かしいなぁ。

飛鳥　Sくんに、ちょうど並木伸一郎さんの親父さんの葬式のときに、彼のところへ言って、「コンビニ本、絶対いいよ」って言ったら、「いいですね」って言ってくれました。でも最初「ちょっと怖いな」って言うから、「最初は僕の漫画本も一緒に出して、絡めて出したら」と言ったら、わかりましたってなったんです。それで出したんですよ。僕はそのとき、敏ちゃんと『M』との関係性を詳しく知らなかったんですよ。知ったのはもっと後だったからね。

山口　そうですね。あれが正解でしたね、『M』としては。

飛鳥　正解ですよ。結果的に、敏ちゃんの領土に攻め込んだ、という結果になっちゃったんですけど。

山口　別に構わないですよ。それくらいサラリーマンのMさんにはハンディあげますよ。僕はそれが、『M』のビジネスモデルの失敗だと思うんです、逆に。

この前、『M』でUMAの緩い探検本みたいなのが出たんですよ。ちょうどもう発売されてます。あれは、東北新社の番組、「緊急検証！シリーズ」で僕が出したUMAの飼い方とかあるんですが、あのテイストで書いてるんですよ。

飛鳥　作家は誰ですか？

山口　編集部が実質作っていて、誰かが監修かなんかで入ってる気がしますけど。

飛鳥　「緊急検証！シリーズ」は、今、意外とモデルケースとして使われてるんですよ。地上波でもそうです。

山口　そうなんです。プロレス団体の例えで話しちゃうんですけど、あれは逆に、自分のスタイルを強固に守らないとダメなんですよ。

Mさんがリーダーとして、やっぱりガッチリした『M』というスタイルを守るべきだったのに。僕みたいにインターネットに入ってくる、テレビに出る、コンビニに進出すると、あれで『M』のブランドイメージが逆に損なわれて、実売部数の下落が止まらないじゃないですか、はっきり言いますけど。

よく使われている大手の印刷会社とかに問い合わせたら、だいたいの部数を教えてくれるんですよ。実売がいってないんです。出版業界の人間はみんな知っています。

飛鳥　実は、ちょっと前までは飛鳥昭雄のネオ・パラダイムASKAシリーズは、多いときは年に3冊出たんですよ。

今では、入稿してから出るのは半年後。去年11月に原稿納めて出るのは8月末ですからね。

山口　そんなにかかりますか。何やってるんですかね。

飛鳥　他の作家さんの本も出さねばならないし、今ではM編集長は学研プラスの顔になったので、上からの命令でテレビとかで忙しいんじゃないの。

山口　部下をうまく使って、編プロにも頼むとかすればいいんですけどね。

飛鳥　最近、『M』のグッズが売れまくってるんですよ。「しまむら」まで『M』コーナーができちゃってて。

ちょっと前までは、『M』という雑誌は恥ずかしいものだったんですよ、レジに持って行くのが。だから、多くの人は他の雑誌を買ってサンドイッチにして持って行ったんです。

山口　それ、昭和の頃のエロ本みたいな存在ですね。

飛鳥　だってオカルトお姉さんが踊る、その中にネタとして出てくるんですよ。『M』体操、だったっけ？

山口　そうです。その通りです。でも、そこまで恥ずかしいですか？

飛鳥　ところが、今『M』のロゴでいろんなものが出始めてるんだよ。すごいことなんだけど、はっきり言っておきますね。ネオ・パラダイムASKAシリーズというのは、昔はその編集者のボーナスの査定に使われたんですよ。どれだけ売ったかの売り上げ高で決めたと聞きました。そこから先の数式はわかりませんが、M編集長から直接聞いたことですから、間違いないと思います。

その査定法が今はもう、使われなくなったようです。

「書泉グランデ」という大型書店が神田神保町にあるんですけど、あそこに僕だけのコーナーがあるんです。

そこへ行くと、いろんなネオ・パラダイムASKAの表紙が貼ってあって、「これは今、品切れ中」とかわかるわけです。確か、10冊ぐらいが品切れ中になってたかな。

それでたまたま、あそこでイベントがあったときにM編集長もいたから、「どうなってるのこれ？　すぐ入れなきゃダメじゃん」って言ったときに、彼の答えが、「これ、もう増刷しないんです」って。

「はっ？　何それ？」って言ったんですけど、考えてみたらここ数年間、飛鳥本が増刷してないんですよ。

山口　なんでですか？

飛鳥　要は、営業のほうが自信がないとか、１０００部刷って余ったらどうするんだとか、グチャグチャ言ってくるらしいです。コンプライアンスの問題とか。

山口　それ、営業の発言じゃないですよね。

飛鳥　みんな後ろ向きなんですよ。
僕はそれを聞いて、「これはもうダメだ」と思ったから、今年、自分の出版社を作ったんです。
対談本は違うけど、基本的には、飛鳥昭雄の本はもう自分の飛鳥堂出版でしか出さないと、そういうふうにしました。

山口　それは、いい方法かもしれないですね。

飛鳥　もちろん出版コードを取りますから流通に流せますが、敢えてAmazon中心で販売し、あとは、書泉グランデのように、直接、注文がある書店に飛鳥堂から発送するようになります。

Amazonが本気で日本の取次をつぶしにきている

山口　音楽業界でも、みんなツアーでもうける時代なんですよ。CDとか売れないから。ダウンロード販売はできてるんだけど、そんなに銭になるものではないので、アーティストの事務所は基本的にツアーでもうけてるんですよ。

リアルに会えるというのがビジネスのヒントです。

飛鳥　この間も、オヌシ船橋でやったよね。

山口　船橋でやりましたよ。もうかりましたよ。

飛鳥　あれ、びっくりしましたよ。

今までは女の子が出てたのに、「あれ、敏太郎が自分で出始めたぞ。すごいな」って。

山口　「やってくれ」って意見が多かったので。

「疲れるからやりたくないな」と思ってたんですけど、リクエストが多いので年に何回か僕もツアーをやろうかなと。

ＡＫＢのビジネスモデルみたいですが、ファンと直接触れ合うイベントを増やしていくつもりです。飛鳥先生がおっしゃってるように、自分でいろんなものを発売していきます。それは、ＣＤにしてもＤＶＤにしても。

あと、海外に向けて商売をやっていこうと思っています。

飛鳥　英語版とかフランス版って、絶対押さえておかなきゃいけないですね。日本の音楽業界は、これをさぼった結果、今のような体たらくに陥ったわけです。

どんな曲も、英語版とフランス語版も当たり前のように同時に出すべきで、もう日本発日本着の時代しか知らないような老害はいなくなるべきです。

山口　そうなんですよ。

この前、フリーメイソンのロンドンロッジの人が、僕の「妖怪図鑑」を持って遊びに来たので、「これイギリスの出版社と話つけてくれ」ってお願いしたんですよ。

この西東社の「日本の妖怪大百科」は韓国でも台湾でも売られていて、日本でも11万部を記録しています。

飛鳥　実は、今Amazonの発言がすごいですよ。はっきり言ってますよ。日本の関係者のトップが、「日本の流通はAmazonが仕切る」って。

山口　そんなこと言ってますか。いやはや、黒船だ。

飛鳥　「トーハンとかはつぶす」とも言ってますね。「Amazonが各出版社と直接やる」と。

山口　取次をつぶすってことですね。

飛鳥　だって、考えてみたら僕も自分の出版社持って初めてわかったんですよ。Amazonは売れた翌週に振り込まれるんです。取次を通すと、配本した本が売れたお金が振り込まれるのは7カ月後です。だから前、大きな取次の一つがつぶれたときに、連鎖反応でつぶれた出版社がたくさんあったんですよ。

山口　取次、またつぶれますね。怖い時代になりましたね。

飛鳥　7カ月後だよ。本が売れても7カ月後って、これ江戸時代よりひどいですよ。

山口　取次という制度は日本だけですからね。

飛鳥　アメリカの合理主義から見たら、こんなのはつぶせってことなんですよ。

山口　永岡書店という出版社が、日本中でだいたい200店舗ぐらいの本屋と、直接契約してるんですよ。もうこういう版元しか生き残れない時代なんです。

飛鳥　すでに、そういう前兆は起こってるんですね。

山口　そうです。取次は2割ぐらい取るじゃないですか。店舗の利益が2割ぐらいでしょ。版元の実際の利益は2割ぐらいですか。

飛鳥　Amazon がすごいのは、作家の印税が74パーセントなんです。74パーセントですよ。

山口　でも国益からすると、Amazon は税金を払ってないという問題がありますから。

飛鳥　タックスヘイブン。

山口　ええ。ワンワールドの手先とか噂されてますし。

飛鳥　それで、じゃあ書店はどうなるんだ、となるんですが、Amazon すごいですよ。「Amazon のロゴマークのある書店だけが残る」ってことになるかもしれない。マックのMのマークみたいに、全部の書店が Amazon のロゴが入ったセブンイレブンみたいなものになる、と。Amazon が日本の出版界を根こそぎ制覇する時代が来るのかもしれません。「こんな古いシステムは、時代の速度についてこれていない」って言ってましたよ。
普通、荷物が送られてくると、だいたいパッキングケースを開けるじゃないですか。書籍のコードでジャンルを仕分けして、置かれると思いますよね。
でも書店によっては、パッキングケースを開けもしないで、どこどこ出版社から来たってなったらそのまま返本するんです。開けないんですよ、売れないと思ったら。
返本された本は、そのまま断裁するんです。断裁しちゃうんですよ。
倉庫に置くと倉庫費がかかるから、断裁しちゃうの。
こんな無駄なことをやってるなんて、Amazonのアメリカナイズされた連中から見たら、ばかかってことなんですよ。
こんなのつぶせってことなの。黒船が来たら、いっぺんに駆逐されちゃうんですよ。

山口 今、出版業界がすごく変わってますね。
本屋さんに泊まれる仕組みとか、あるいは、お茶を飲みながら立ち読みならぬ座り読みとか。本屋のあり方も変わってくる。

飛鳥 よくありますね。

山口 クッキーを食べながら本を読むみたいな。おしゃれはおしゃれだけど。

飛鳥 佐賀県の図書館が最初にやったんですよね。

山口　だから、これから本屋さんのあり方もだいぶ変わってきますね。エンタメスポットにならないと本屋も生き残れない。

飛鳥　変わります。とにかくAmazonがすごいのは作家の印税が74パーセント。ただこれは、デジタルの話ですよ。Kindle版の話ですけどね。それと実は、Amazon自体が出版社を作っちゃったんですよ。どういうことかと言うと、作家でも超売れる作家には関係ないけど、売れない作家が作った本でもそのデータをAmazonの出版社へ送信すると、リクエストがあったらそこで印刷して売っちゃう。倉庫に在庫を置かない。

山口　オンデマンドですね。

飛鳥　はい、すでに大手はやっていますが規模は小さすぎますし、対象は主に漫画です。あとは、例えば出版社が直接Amazonに送るとか。

倉庫になくなると補充しなきゃいけないですけどね。

あともっとすごいのは、例えば古本もAmazonで買えるじゃないですか。

山口　Amazon好きですね。

飛鳥　来年になったら、全部Amazonに制覇されてるかもしれないですからね。

山口　僕そこまでAmazonはいかないと思っているんですよ。当然、Amazonとも付き合うべきだとは思ってるんですけど、もうちょっと慎重になるべきかなと思ってますね。

飛鳥　並行でしょうね。もちろん僕も一夜にしてこれまでのシステムが消えるとは思ってないんですけどね。あまりにもＡＩの進化が激しいから、作家の方もスピードを考えないと、ちょっと早めに起きるかもしれないなと。

山口　飛鳥先生ぐらいベテランになっても、ここまでＡＩについてきてるというのは珍しいですよね。

飛鳥　どういうことですか。

山口　他のベテランの先生方に比べて。

飛鳥　実は、日本で最初のＵＦＯシンポジウムというのが大阪であったんですよ。

僕がまだ若い頃かな。

１９８２年秋、大阪で「第１回全日本ＵＦＯシンポジウム」が近代宇宙旅行協会主催で大々的に開催されたんです。おそらくこれが日本で開催された最初の本格的なＵＦＯシンポジウムだったと思います。

その中のコメンテーターの１人に、シンクロニシティの（故）大田原治男氏が参加していて、『Ｍ』誌上でお馴染みの並木伸一郎氏も、コメンテーターの１人として参加していた。

その頃、並木氏は線香のように痩せていて、「山形県尾花沢市近郊で起きたＵＦＯフラップ現象」について、スライドを交えて講演していたことを覚えています。

当時、僕はまだ無名で、数カ月前に小学館の「第４回・藤子不二雄賞」に佳作入選したばかりだった。もちろん、最初の連載漫画『ザ☆超能力』もなければ、超常現象研究家やサイエンス・エンターテイナーの肩書きもない頃です。だから観客の１人として聞いていただけだったんです。

山口　それじゃ飛鳥先生は30代前半で、若い頃じゃないじゃないですか。

飛鳥　確かにそうか、でも精神年齢は今も29歳ですから（笑）。

そのシンポジウムですが、大田原氏は、すでに『M』誌上で活躍していた大谷淳一氏と一緒に登場し、「UFO目撃の特異日について」というテーマで講演していました。

特異日といえば大田氏得意のシンクロニシティと関係する造語で、UFOも例外ではなく、主張は以下のような内容でした。

「UFO目撃事件は毎月23、24日に集中する！」

「UFOは地球という生命体が飛ばしている！」

「どの天体にもUFOが飛んでいる！」

大田原氏が主張したのも同じで、『UFO地球生命体説』というものでした。

UFO現象は、地球が意識を持つ生命体であるが故に起きるもので、地球の意識が作り出す現象という衝撃的な内容でした。

UFOの目撃日が世界的に23日と24日に集中するのは、大事故が起きる日と一緒で、UFO

現象と大事故の特異日は、どちらも地球が起こす現象と発言しています。

そういう内容だったせいと思いますが、シンポジウムを開催する近代宇宙旅行協会の会長、(故)高梨純一氏が大田原氏たちの話が終了した直後、急に立ち上がって大田原氏の意見を非難し始めたんです。

山口　えっ、主催者がコメンテーターを観客の前で批判したんですか?

飛鳥　はい、まさに信じられない光景でした。

「こんなひどい内容と知っていれば、この会には呼ばなかった!」と。

この言葉に会場は静まり返りました。大田原氏たちもバツの悪い感じで、客席から見ていても気の毒でした。

高梨氏にすれば、UFOとシンクロニシティを引っ掛けたことが気に障ったのでしょうが、そういう概念でUFOを縛りたくなかったのかもしれません。

当時は、メタリックなUFOが、異星から地球に飛来することを、世間に知らしめ訴える意味合いが強かった時代です。

山口　それにしても昭和という時代は、良くも悪しくも骨太で、ものすごい時代だったんだなと思いますね。

飛鳥　そうですね。しかし、実はそこに至るまでの大田原氏の、地球が意識を持つガイアであるとする考え方、ＵＦＯ現象は地球が生み出す現象という考え方、どの惑星にもＵＦＯ現象が起きるという考え方は、「ガイア理論」とも近く、的を射ていたと思われます。

地球に意識があるという考え方は、別に大田原氏の専売特許ではありませんが、未だに認められていない大きな仮説の一つです。

後になってはっきりするんですが、大気プラズマ現象は自然界で実際に起きていますし、大気が存在する惑星なら、どこにでも起きる現象でもあります。これを「大気プラズマ学」と言い、早稲田大学の大槻義彦名誉教授の専門分野です。

最近では、真空の宇宙空間でもプラズマ現象が起きていることが確認されているとか。

つまり大田原氏は、当時としては、あまりにも早くポイントを突いていたことになり、クラシカルなＵＦＯを論じる専門家や研究家にとっては、理解できない暴論、あるいは妄想の類にしか思えなかったのでしょう。

大田原氏のこのときのコメントは、そこから極端な統計学に傾斜していき、最後にシンクロニシティで結論を下していました。

ですから、だいぶ高齢だった高梨氏にとっては、許容範囲を超えたのだと思います。シンクロニシティについては、私もある程度は肯定的ですが、それでＵＦＯ現象全てを一括《ひとくく》りにしてしまったところが、当時の大田原氏にとっても限界だったと思われます。

それはそれとして、若き並木伸一郎氏がスライドを扱いながら、ＵＦＯ事件を説明する横に、若き飛鳥昭雄がいる構図こそが、オカルト界のシンクロニシティだったかもしれません（笑）。

山口　彼は当時、早稲田にいたんですか？

飛鳥　いや、当時はすでに日本電信電話公社（電電公社、後の日本電信電話）に勤めていたと思います。そのように紹介されていましたから。

でも並木さんにしろ、南山さんにしろ、翻訳本が多い。海外の本のネタを翻訳するのがメインです。

山口　そうですね。翻訳家ですね。

飛鳥　だから、僕とはちょっと違うのね。自分で集めてデータとして出してる敏ちゃんとも違うの。

山口　違いますね。

飛鳥　どっちかというと、口はあまりうまくないのね。それをM編集長が重用して、並木さんにも機会と場所を与えたんです。『超ムーの世界』（注・2014年よりエンタテーメレで放送されているオカルト番組）とかがそれです。

山口　そんなの面白くないと僕も思っていました。プログラムとしていかがなものかなと。

飛鳥　見ると、古いなと思ったりするんですけど、一応それなりには売れてるみたいですね。江戸前風の古典落語と共通する、名人芸と安心感があるのではないかと思います。

実は人類は何度も滅亡している!?

山口　ちょっと話が、ずいぶん逸れてしまったんですけど。

飛鳥　そうですね。逸らしたのは僕です。

山口　ＡＩの話からなんですけど、この世の中はバーチャルリアリティだという話がいろいろ出てきてまして。

飛鳥　なるほど。この世界そのものがバーチャルだと。

山口　そうですね。3月14日に亡くなったホーキング博士が、「99パーセントこの世はバーチャルである」と言いました。

それから確か、バンク・オブ・アメリカの傘下のあるシンクタンクが、「50パーセントの確率でバーチャルである」と、そんなことを発表してるんですね。

それに関して、飛鳥先生はどう思いますか。

飛鳥　僕はそれ、すごくよくわかります。なぜなら、皆さまが見てる光景というのは、全部過去の光景なんですよ。

現実に、その瞬間というのは、人間には絶対に見られないんです。感知できるはずもなく、無理なの。

光の速度もありますけど、目に入ってから信号に変えられて脳に行って、脳で構築し直してから見てるから、その瞬間って誰も見たことがない。

これって怖いですよ。誰も瞬間を知らない世界に住んでるわけですから。

山口　存在しないかもしれない、と。

飛鳥　ある意味では、我々が思う範囲のこの世は、存在しないのかもしれない。

だから、昔の人たちはよく言いましたね。我々が見ているこの光景は、むしろ死ぬときに走馬灯のように見る光景を見ているだけで、実はもう死んでるんだと。

山口　中国の故事である『一炊《いっすい》の夢』ってやつですね。田舎から出てきた学生が。

飛鳥　そう。ずっと自分の長い人生を見て。

山口　俺は出世するんだと言って、飯屋に入って一生分の人生を見るんですけど、それは夢で、死ぬ瞬間にパッと目が覚めて、俺の人生は一炊の夢だったと気づいて田舎に帰るという、かなり切ない話ですよね。

飛鳥　あれ、すごくリアリティがあるのよ。

山口　結局、物理学の最先端の情報には、観察しないとその宇宙は存在しないという考え方があるじゃないですか。
観察したら、宇宙が現実化する、観察すると存在し、観察しないと存在しない。そんな物理世界ないですよね。

飛鳥　それを思わせるのはＶＲですか。

山口　バーチャルリアリティ。

飛鳥　ＣＧを使って、これからこれがよりリアルになってくるでしょう？　現実とＶＲの世界って、区別つかなくなってくるんですよね。

山口　そうなりますね。

飛鳥　ゲームなんかでも、実際、中で自分が戦うわけでしょ。それが超リアルな空間で現実と全く同じように戦闘するわけですから、下手をするとこの世界に帰って来ないですよ。

山口　来ないですね。ネトゲ廃人になるんです。

飛鳥　そう。この世界に戻ってくるのは、食べるのと排泄のときだけなんですよ。それすら嫌だとしたら、高濃度点滴だけで栄養補給しながら、自動排泄装置をＯＮにしたままバーチャルの世界で生きていくわけです。

そうなってきたら、昔、押井守氏が作った『アヴァロン』ですか。

あの世界と変わんなくなってくるんですよね。

山口　そうですね。

この世の中自体がもしバーチャルだとしたら、問題は誰が作った世界なのか、ということになるじゃないですか。

じゃあそれはヤハウエなのか、それとも僕らが神と言っていた、天照大御神《あまてらすおおみかみ》なのか？

もし、今僕らが作ってるＡＩがバーチャル世界を作ったら、バーチャル世界の中のバーチャル世界なのかってことになっちゃいますよね。

飛鳥　玉ねぎ構造の中の玉ねぎ構造……さらに、延々と続く玉ねぎ構造の世界となると、もはや自分という存在が、わけのわからんことになってくるんですよ。

これは怖いことなんですけど、手近な範囲だけで、もう一つ宇宙ができたことになってしまう。

山口　そうでしょうね。多次元構造の宇宙がある、って言えるんじゃないですか。

あっちこっちで、人類が作ったバーチャル世界の中で、また誰かがバーチャルを作ったとするじゃないですか。

またそのバーチャルの中で誰かがバーチャル世界を作って。多次元構造の仕組みっていうのはこういうことなんじゃないかなと思うんですよね。無限の合わせ鏡みたいに。

飛鳥　怖いのは、電力が落ちたときなんです。ＡＩが動かなくなりますから。瞬時に宇宙は消えるの。

山口　消える。

飛鳥　その中にいる人たちの記憶も何もかも、全部消えてしまう。

山口　ビッグバンが起こったみたいな。

飛鳥　ビッグクラッシュなんですね。

山口　宇宙は消滅するってことですか。

飛鳥　宇宙消滅ってやつです。瞬時に消滅するんです。

山口　バックアップを、どこかで取ってるんじゃないですか。

飛鳥　それも電力だから。

山口　どこかにサーバーがあって保管してるとか。

飛鳥　それも動かしてるのは電力だから。

山口　電力落ちても、データはサーバーに残ってますよね。

飛鳥　サーバー動かすのにも電力必要ですがね。

山口　そんな仮説を僕は、英文で読んだ記憶がありますよ。
人類は何度も滅亡してるけど、サーバーでバックアップされてるから滅亡したことになってないって。

飛鳥　それが、「ここ来たことあるぞ」「このセリフ聞いてるよね」「さっき起こったこと、前に経験してんじゃん」ってことなんだと。

山口　デジャブ。デジャブは既知データとか。

飛鳥　デジャブなんです。これが、バックアップの影響という可能性も確かにあるんですよ。

山口　時間は一定方向にしか流れないって、間違いですよね。時間の逆流は絶対にあると思う。

飛鳥　一定方向のみと決めつけるのは、間違いですね。

山口　こう流れてて、1回遮断してここから始まるとか、ちょっと昔から始まるとか。ときどき歴史変わってんじゃないかな、というときないですか？
誰かが歴史をときどき改変してるんじゃないかと思うんです。

飛鳥　それ、聖書にも書いてあるんです。

悪い王がいて、「あなたは今のことを改めないと、もうすぐ死ぬ」と言われるんです。改めたらまた数年生きると。

実は、運命の方向性は変えられることを、この出来事が証明しています。

聖書は、認めてるんです。

山口　歴史の変更とか。

飛鳥　認めてますから。これ、意外と聖書研究者は知らないんですよ。

「そのころ、ヒゼキヤは死の病にかかった。預言者、アモツの子イザヤが訪ねて来て、『主はこう言われる。〝あなたは死ぬことになっていて、命はないのだから、家族に遺言をしなさい〟』と言った。ヒゼキヤは顔を壁に向けて、主にこう祈った。『ああ、主よ、わたしがまことを尽くし、ひたむきな心をもって御前を歩み、御目にかなう善いことを行ってきたことを思い起こしてください。』こう言って、ヒゼキヤは涙を流して大いに泣いた。イザヤが中庭を出ないうちに、主の言葉が彼に臨んだ。『わが民の君主ヒゼキヤのもとに戻って言いなさい。〝あなたの父祖ダビデの神、主はこう言われる。わたしはあなたの祈りを聞き、涙を見た。見よ、わたしはあなたをいやし、三日目にあなたは主の神殿に上れるだろう。わたしはあなたの寿命を十五年延ばし、アッシリアの王の手からあなたのとこの都を救い出す。わたしはわたし自身のために、わが僕ダビデのために、この都を守り抜く〟』イザヤが、『干しいちじくを取って来るように』と言うので、人々がそれを取って来て患部に当てると、ヒゼキヤは回復した。」（『旧約聖書』「列王記下」第20章1～7節）

山口　歴史はいかようにも、チェンジできるってことなんでしょうね。

飛鳥　そういうことなんです。

「このまま行くとこうなるから、改めてこっちへ行くと助かるよ」ということは、もし仮にそのまま行ったら、その王は死んでるんですね。

そういう多次元もありえるってことが聖書には書いてあるんです。

これは同時に、時の流れを支配するのが神であると言っていることになります。

「始め（アルファ）」と「終わり（オメガ）」を支配しているんです。

我々はバーチャル世界のアバター！　次元上昇してこの世はもう四次元に

山口　この世界のバーチャルの一つの問題として、一番これが気になるんですが、「僕たちは単なるバーチャル世界に作られたアバターなのか？」ということなんです。アバターにたまたま魂が入っているだけという。

飛鳥　そこなんですよ、我々にとって重大な点は。

山口　それとも、どこかこのバーチャル世界を管理している外の世界に、本当の自分がいるのか、それともこの世界の中だけに作られたキャラクターなのか？　というのがすごく不安になってきますよね。

飛鳥　それは不安になってきますわ。ある意味、たいへんな問題になるわけですよ。

山口　そうですよ。作られた架空の存在かもしれない。

外宇宙にいる自分は、性別もキャラも違うかもしれない。

飛鳥 だから今、科学者はそっちの方向へ向かってるんですよね。

山口 はい。この世界がバーチャルだという研究をしてる人、割と多いですね。

飛鳥 だってVRの世界になってきたら、これひょっとしたらこの世界もバーチャルではないかと思いますもんね。

だって今、触感とか物をつかむときの圧力とか、加速度とか、匂いとか、並行して体験できるんですよ、VRで。

ちょっと下ネタな話なんですが、言う必要があるんで言いますけど、男たちがなんでアンドロイドを作ろうと思うかというと、人間の女性と全く変わらない、いや、それ以上の理想的な高級ダッチワイフを作るためなんですよ。

山口 それはありますよね。バーチャルセックスというのをね。

飛鳥　ＶＲのほう、なんで男が頑張るかというと、そこへ出てくる二次元キャラとの本番を味わえるから。

男が頑張るのって、それしかないじゃないですか。

山口　それが多いですよね。性欲がモチベーションみたいな。

飛鳥　それを目的に頑張るから、加速がつくわけです。

山口　ちょっと待ってくださいよ。

人類がバーチャルの世界を作って、その中で架空のキャラクターを作って、自分のアバターが女性とセックスをするとしますよね。

そしたら、その中で作られてる架空の女性には人格があるんですかね？

飛鳥　そこなんです。実はこれも、昔に出てるんですよ。

山口　出てますか。

飛鳥　もう古い話だけど、昔『セカンドライフ』（注・３ＤＣＧで作られた仮想空間を舞台にしたオンラインゲーム）というのが流行ったんです。

あの中に入ると、自分で豪邸を建てたり、アバターの奥さんを作ったり、愛人を作ったり、夢のようなリッチな生活ができるわけですよ。

で、そこから戻って来たら四畳半に住んでるんです。

じゃあ、どっちの世界に行きたいか？　となったら、『セカンドライフ』のバーチャル世界でしょう。

それを感知したトヨタとかが、そこで本物の車をアバターにして、『セカンドライフ』の街で販売するんですね。

山口　売れますよ。

飛鳥　実際、試し運転も、架空の世界でできるわけですよ。

山口　ちょうど最近封切られた、『レディ・プレイヤー１』の映像がそうです。スピルバーグの映画ですよね。

ひょっとしたら、バーチャル世界の前振りをやっている映画かもしれません。

飛鳥　そうなんです。

はっきり言って、芸術と架空の世界が融合し始めて、結果どうなったかと言うと、僕たちの時代は三次元だと教わったけど違うんだ、と。

今、物理学科は「四次元」と教えます。

時間軸があるから時間が流れてるんでしょう、という考え方なの。

でもそれをテレビとかで言って、三次元の中の四次元だとなるとみんな混乱するから、一般社会では三次元ていうことになっています。

でも、物理学会は四次元が基本で、本当はもう現実は四次元になっちゃってるんです。

山口　ある意味、次元上昇ってそういうことなのかなと思ってます。

五次元に行くとか、みんな言ってましたよね。

飛鳥　今、この世界の基本常識は四次元なんです。次は、五次元を考えなきゃいけない。

山口　どうなんでしょう。例えばTwitterとかネットで女の子のかわいいアイコンがあって女の子キャラでやってるけど、実はそれはゴツいおっさんだったというのがよくあるんですよ。

飛鳥　あるね。結構皆さんだまされているみたいで。

山口　女性のふりをしてるけど、本当はごっついおっさんだったらどうするんだと友達に言われるとか。それも「レディ・プレイヤー1」の場面であったけど。

飛鳥　そこでちょっと引いちゃうよね。実はね。俺が漫画家になった頃よく言われたことがあるの。

山口　どんなことですか。

飛鳥　子ども向けに作品を作る場合、ほんとに注意しなきゃいけないと言われたの。漫画の登場人物が死ぬということは、ほんとに死ぬんだ……ってね。役者がテレビドラマで死んでも、別のドラマで出てるから死んだことにならないけど、子どもの目線で見たら、アニメの主人公や脇役が死んだら、再放送や再編集は例外にして、現実には二度と帰って来ない。これがほんとの死だと。

だから、ものすごく注意しないといけない、たいへんなことなのよ。

山口　責任重大ですよね。

飛鳥　二次元世界とはいえ、ほんとに死んじゃうんだから。

手塚治虫というのは、その辺はうまくやったんだよ。

スターダムシステムってのがあって、あるキャラが死んでもあっちこっちに出てくるの。役者という形でやってるのね。

あれは、手塚さんとしては偶然かもしれないけど、先読みしたかなと思ってます。

その逆を突いたのがゲーム業界で、死んでも簡単に復活するので、子どもの精神衛生的に安心と思いきや、それに慣れた青少年が、現実世界で友達や弱い人を殺しても、どうせ生き返るんでしょうと考えて、結果、欠陥人間を大量に生んでしまった。

山口　ありゃありゃですわ。

揺れる出版業界の生き残り戦略とは

飛鳥　今、出版界も揺れてるね。

例えば、某出版社のやり方というのは、まず本出すでしょ。本を出した人の記念講演会をやるんだね。その記念講演会でしゃべったことをまた本に出すんだよ。

そしてまた、分野の共通する作家さんを一堂に集めて、朝から夕方までの大講演会やって、それをまた本にして出すんだよ。

これ、批判するわけじゃないんだ。

一つの形としては成り立ってるから、それはそれでいいの。でも僕はもう降りた。

その気があったら、自分で本出す。自分でツアーだってやるよ。

山口　今やってますもんね。

飛鳥　だから要は、そんなやり方は僕とは合わなくなったから、基本的にはそことのお付き合いはもうないと思う。

山口　ビジネスですから、ドライでいいんじゃないですか。

飛鳥　そう。出版社もそういうふうにして生き残ろうとするんだよ。生き残り戦術だな。これでは今の作家はもうからない。だって10人のコメンテーターの講演料も印税も、10分の1ずつですよ。

AKBじゃあるまいし、出版社だけがもうかるシステムで、作家はもうからない。飛鳥昭雄なんか、いつもラストスピーカーで、客を最後まで座らせておく「客寄せパンダ」と化していました。

山口　昔の作家さんに比べて、今の作家はもうからなくなりましたよ。だって、昔の作家の話とか聞いてると、ほんと、うらやましいじゃないですか。妖怪図鑑で名を上げた佐藤有文さんは、二十数回増刷されて家が建ったとも言いますし。石原慎太郎が若い頃、散歩してて眺めのいい土地があったから、はい、ここで即決って、散歩中に土地を買うんですよ。それぐらい、作家はもうかったんですよね。

飛鳥　僕、最初出した本はごま書房からなんですよ。

山口　ごまから出したんですか。

飛鳥　初刷５万部です。出版不況の今では考えられない数字です。

山口　まああいいですね。

飛鳥　初刷り5万ということは、当時で1冊１０００円ですから、わかりますよね、単純計算で。印税は10分の1。それが平台に置くと、バンバン売れたもん、俺だけじゃなくて。

山口　いつですか。ごまから出したのは。

飛鳥　俺はコロコロコミックで『超能力』が1回終わった後、ワンダーライフに移行する間にごま書房で出したから、１９８５年ぐらいです。
今、例えば作家に10パーの印税を渡すって少ないですね。８パーが多いのかな。

山口　８パーが多いですね。

飛鳥　初刷りが1000部とかね。増刷なしですよ。もっと言うと、昔は小説でもそうですけど、最初はハードカバーなんです。次に、新書版に降りてきて、最後は文庫本なんです。

この3段階で小説家もどんどんもうかっていった。

買う人も、新書か、文庫本まで待とうとか自由選択ができました。

山口　そういうのありましたね。三毛作ってやつ。

飛鳥　今は、宮部みゆきだって最初から文庫本ですよ。文庫本て安いよね。600円ぐらいかな。

山口　高くてそんなもん。下手したら500円台とかなりますね。

飛鳥　刷り部数が少ない、価格が安い。作家、食っていけないんです。

山口　食えないですよ。直木賞もらってるとか、文豪ぶってる作家いくらでもいますけど、ろくに生活できてないですからね。

飛鳥　できてませんよ。

山口　威張ってるくせに貧乏な直木賞作家がゴロゴロいますよ。格好つけてますけど、すごい狭い家に住んでいて、食うや食わずって。作家ドリームなんて時代は終わりました。

飛鳥　下手に賞もらうと困るらしいんだよね。仕事選ばなきゃなんないから。

山口　賞もらってもこれはビジネス用の本、これはもうける本、これは自分の実験でやる本て、分けてやっていけばいいんですけどね。プロとしての使い分けですね。

飛鳥　そう思うと、もともとタートルカンパニーってタレントも含めてそうだけど、割とメディアミックスじゃん。

山口　何でもありですからね。

飛鳥　うまいことやってるわけだよ。

山口敏太郎の敵とは

山口　でも、漠然と敵がわかってきました。戦略的に。
僕がにらんでるのは今、某社が敵です。間違いなく。

飛鳥　本、出してたじゃん。

山口　出してないです。1冊だけですよ。連載1本だけやっていた。

あそこは油断ならないですよ。企画の盗用が多いので。

もともと、僕が作ったオカルト誌の企画書を○○社がつぶれる前に持っていったんですよ。

でも、その後、○○社にいたフリー編集者を引き抜いて、その企画を某社が立ち上げたんですよ。あれは僕の立案なんですよね。

飛鳥　企画を盗用されたということか。

山口　それだけじゃないんです。泣ける怪談やりましょうって、18年前に言って企画書出したら。

飛鳥　お涙ちょうだいの怪談ってこと。

山口　ええ。それは僕の提案だったのに、Nさんの名前で出ました。完全な企画泥棒の出版社ですよ。

飛鳥　今、Nさんの息子たちが某社で働いてるよ。『M』編集部で。

山口　それ知ってます。

飛鳥　送り込んだんだ。

山口　電通関係に芸能人の二世が入るのと同じパターンです。だから結構、怪談の企画もイベント企画も、そっくりなやつがスタートしてるし、僕がやってるイベントとそっくりなスキームでやられたので、某社は信頼できないなと思っていて。あと『M』も、僕は敵国だと思ってますけどね。

飛鳥　敏ちゃんはまだ、M編集長との手打ちはいやという考え方なの?

山口　じわじわ自分が絞められてるということを自覚しなきゃダメですよね。サラリーマンのくせに無頼の作家気取りのMが気に入らないんです。このままでは『M』は崩壊しますよ。たぶん維持できない。

飛鳥　今、M編集長は第5代かな。最長不倒距離なんですよ。一番長いかな。今、副編がSくんで、普通、会社でもそうなんだけど、下から上がってきますよね。今度はSくんが編集長の時代が来るわけですよ、必ず。そうすると先々、『M』で山口敏太郎が書く時代というのが、遅かれ早かれ来るのかもしれない。

山口　でも、僕は書かないです。
ミュージシャンの松山千春がダメになったのは、ベストテンに出るようになってからです。

飛鳥　そうくるか。絶対出ないって言ってたのに、千春は出たんだよな。

山口　当時の松山千春はとんがってて価値があったんですよ。
丸くなって出ちゃうようになるとダメなんですよ。

飛鳥　オカルト雑誌ね、『M』だけしか今ないじゃないですか。
徳間書店にオヌシを紹介して、アトランティスというのを作ろうとしたんだけど。

山口　アトランティア。

飛鳥　アトランティアか。あれも徳間の営業がミスしちゃったってことでなくなったよね。
要は、今はまだ一党独裁体制、今の自民党みたいなもんなんだな。
僕、今度飛鳥堂出版で、飛鳥流のオカルト雑誌を出すんだよ。

『ASKAマガジン』というタイトルだけど、これは今のところAmazonでしか販売しないが、書店で並べたいところがあれば取次を通さず直接発送する予定でいる。出版コードも全て持っているけど、古い流通システムに魅力を感じないし、今の出版不況のスパイラルに巻き込まれるのも真っ平だからね。

それにしても、『M』の対抗誌というのはずいぶん消えたね。

山口　そうですね。同じスタイルでやったって勝負にはならないですよ。新しいスタイルで攻撃しなきゃダメです。でも、『M』を攻略する方法はあります。イメージトレーニングで『M』城が落ちるイメージがあるんですけど。

飛鳥　すげえな。俺はその『M』という城から脱出しようとしてるわけか。これはいつか落城すると。

山口　飛鳥先生が俺をたきつけて、『M』と戦わせてるんです。僕ら、海援隊をたきつけてる勝海舟ですから。幕府の人間なのに、幕府をつぶそうとしてる人たちですから。

飛鳥　一番悪だね。

人口削減計画？　子宮がんワクチン、食糧兵器ジャンクフード、環境ホルモンによる緩やかな殺人

山口　では、人口削減の話。

飛鳥　はい。

山口　人口削減については今、国際間で密約があると言われていまして、アメリカとかロシアとか、それぞれ人口を減らそうという話になってるんですよ。

飛鳥　日本なんか減りっぱなしだよ。

山口　そうなんですよ。アメリカとロシアは、内乱とかテロで人を減らしていくというやり方を取ろうとしてるんですね。

でも日本人は温厚な民族ですし、そうした劇的な方法は取りたくない。

子どもができないようにして自然にちょっとずつ減らしていこうと、日本の上層部というのが動いているんですね。

それが例えば、子宮がんのワクチン。

あるいは、食糧兵器と言われているジャンクフードの普及とかですね。

飛鳥　あと、環境ホルモンもあるな。

山口　それもです。子種断ちをやってる最中だということなんですけど、どう思いますか。

飛鳥　その通りですよ。

まず、わかってるだけで引きこもりが70万人くらい。実態は130万人とされている。

男女比が7対3なので、単純計算すると、余る女性が30万人いるということですよね。

全共闘とかで男たちが角棒を持って暴れまわってたときの、ある自民党の文部大臣が実際に言ったことだけど、「この連中全部、思い知らせる必要がある」と。お前たちが将来どんなに頑張ってもダメだということを悟らせるために、偏差値を作ったたってわけ。

偏差値というのは、要は男をダメにするというのが目的なの。数字で限界がわかるんだもん。これがじわーっと効いてきて、男たちが、いくら自分が頑張ってもこれ以上いけないというふうに洗脳されちゃったわけ。おとなしくなっちゃったんだよ。

牙、全部抜かれちゃったの。

結果的に、今みたいに人口がどんどん減っちゃってるわけ。

少子化対策大臣とか任命されてますけど、実際は日本政府、つまり自民党がやってることは日本民族を玉なしにして減らすことなんですよ。

例えば、食糧兵器という概念が日本人にまだ、全く拡がっていない。欧米では、食事で人を殺すと言われています。

今、単純な形で人は殺せないんですよ。でも殺さなきゃいけない。

これは、欧米の羊飼いの発想なんですね。羊が増えすぎちゃった、食べさせる牧草が足りない、じゃあどうしよう。バンバンて、銃で殺すんです。

昔は戦争とか餓死で人を殺してきたんだけど、それができなくなってきた。

じゃあどうするかと言うと、身体に悪い食事を摂らせて殺すしかないと。その他にも、抗がん剤だったり。

山口　そうですよ。オーストラリアのアボリジニも、家畜の数を減らすみたいにイギリス人がずいぶんたくさん殺しましたよ。

飛鳥　マンハントというやり方でね。

山口　全部ライフルで殺してきましたから。これ、本当の話なんですよ。

あとネイティブアメリカンもそうですし。

白人、特にイギリス系というのは、どんどん殺していくんだよね。自分たちが淘汰してやるんだと、神だからって。

飛鳥　非常に残虐性が高いですよね。

山口　そうですよ。

飛鳥　例えば、ファーストフードでさかんにやってる、ミートが2倍とか。

山口　食べれば食べるほど身体に悪いミートがね。

飛鳥　最近は騒がれなくなったけど、環境ホルモンというのがあって、この悪影響で男性のY染色体がダメージを受けるんですよ。

女性はX染色体が一対だから、欠損しても互いに互いをコピーできるから大丈夫なんだけど、コピーカバーできないのが、ＹＸ別々の男の染色体。

男を定めるY染色体は壊れたらお終いで、回復する術《すべ》がないのでダメなの。ちっこくなってくだけなんだよ。

山口　チビていくんですよね。

飛鳥　そう、チビていくんだよ。最後はなくなっちゃうわけよ。

要は、男性に精子があっても、妊娠させられないの。

山口　そうなんですよ。

7、8年前からフェミ男というのが流行ってますけど、中性男子というのが増えてきました。

飛鳥　ものすごく増えたのは、環境ホルモンによるY染色体の破壊と、縮小にあるわけ。

山口　うちのプロダクションの若手のライターも、やたらと女装したがるんですよね。

飛鳥　女装癖からまず始まるんだよ。

山口　だんだん女の子化しちゃって、男というのがないんですよ。男子がカットされつつある。

飛鳥　いいか悪いか、あまり言うと差別になっちゃうから気をつけなきゃいけないんだけどね。Y染色体がちっちゃくなっていくとか、男のホルモンもそうなんだけど、当然あるべきものがなくなっていくと、女性化しちゃうんですよ。

山口　このところ、金銭的にも子どもは1人しか育てられないという人が増えてるじゃないですか。うちは共働きでも貧乏だから、1人しかダメだとか。

子どもを作らない主義だという夫婦も多いし。独身主義の人もいるし。


飛鳥　その多くは自分が子どもだからです。

大人であっても子どもだから、子どもを作ると、子どもの自分が真っ先に困るんですよ。

全部、遺伝子的にそうなってるんですが、ほとんど誰も気づいていません。

言葉としては気をつけなきゃいけないんだけど、一種の発達障害なんだよ。

そこから先に行かない、止まっちゃうわけ。

山口　日本人が、緩やかに、食糧兵器によって滅ぼされようとしている。
白人という似非《えせ》の神によるゆっくりした処刑。

飛鳥　あと、日本人のがんの発生率って世界的に見てめちゃくちゃ高いんです。2人に1人はがんになるんです。

山口　欧米ではそんなことありえない。

飛鳥　絶対ない。なんでこうなってるかと言うと、広島、長崎なんですよ。フクイチでまき散らされたプルトニウムなんか、半減期2万年ですよ。あのあたりもそうだけど、関東一円は風に乗ってきたストロンチウム、ウラン、プルトニウムに、銀座はもとより、横須賀、横浜まで高密度に汚染された。直接体内に吸い込んだ人たちは、今になって心筋梗塞、脳溢血などの異常血栓でどんどん倒れています。

最悪、放射能の体内被ばくによる症状は子どもにも遺伝していきますから。

山口　原爆マグロも食ってますからね。

飛鳥　ええ。1954年の「第五福竜丸」の原爆マグロ、その前の広島・長崎の原爆、その次は3．11でしょ。あれ、実はすごくたくさん亡くなってるんだよ。

そうした被ばくも原因にあって、今や2人に1人、確実にがんになるような国になっちゃった。こんなのは世界中で日本人だけなんだ。

山口　この前も、原発の仕事をしていた作業員が、２回嘔吐してそのまま病院に運ばれたけど亡くなってましたよね。

飛鳥　でしょ。おそらく原因は不明か、多臓器不全、あるいは消化器系のがんになるか、最も多いのは心筋梗塞だな。

山口　でもそうした都合の悪い人の死は、ニュースにならないんですよね。

飛鳥　例えば、N先生ともう1人、Sさんという仲良しの国際政治学者がいて、放射線は悪くない、むしろ健康にいいと主張し始めて。

山口　なんか、原発の近くで野草を採って天ぷらにして食べて。

飛鳥　放射線浴びて深呼吸とかしてたんだよ。２人でね。

山口　行きましたね。

飛鳥　今、Sさん入院してますよ。がんとは公表してないけれども。確か前立腺の異状だったはず。このお2人は、言葉通りなら被ばくしてますよ。

ストロンチウムもプルトニウムもウランも、低いレベルなら身体にいいんだって論調ですけど、原発の放射性燃料は自然界のものじゃないですからね、人工的なものだから。

ラジウム温泉と勘違いしてるんですよ。

山口　温泉が出す放射線とは違います。温泉は自然放射線だから身体にいい。

お2人は原発は怖くないんだということを立証したかったらしいんですけど、十分怖いもんだと僕は思いますけどね。

抗がん剤はロックフェラーの利権だ

山口　それも含めて、日本人に今がんが多いのは、欧米が仕掛けてきたそういうあらゆるものに対して、まんまと乗ってしまっているから。日本人がどんどん死ぬような仕組みが大量に作られてる。日本の政治家が日本人を欧米に売っているんです。

飛鳥　有名芸能人も、たくさんの方が、がんで亡くなっていますよね。抗がん剤を使う場合がほとんどでしょうけど、抗がん剤では治りませんから。

山口　抗がん剤、やばいですよね。医者は、絶対使わないみたいですね。

飛鳥　本当は、簡単に治る方法があるの。カテーテルで静脈注射をして、がんだけに作用する抗がん剤を打ち込むんです。でも、それをさせないんです、国が。

山口　許可が下りないんですか。

飛鳥　下りないです。保険を利かなくしています。あと、高濃度ビタミンC。100円ショップで買えるようなビタミンCをガンガン飲むと、がんが治っちゃうんだよ。

山口　ベンジャミン（フルフォード）さんがそれ推奨してますね。

飛鳥　高濃度ビタミンC、これ、医者にもやろうとしてる人が大勢いるらしいんだけど、保険を絶対下ろさせないわけ。

ロックフェラーがどんどん出してるような高い薬が売れなくなると、アメリカが困るんだよ。抗がん剤をたくさん投与して、その上に大量の点滴をするでしょ。あれ、ブドウ糖ですから。ブドウ糖は、がんが一番喜ぶんです。糖分ががんの一番の栄養なんだ。

山口　糖分ね。

飛鳥　要は、抗がん剤が売れるとロックフェラーのところに金が入るシステムなの。

日本人も殺せるし、霞が関は年金も払わなくて済むし、一石三鳥、四鳥なので、日本政府はがんを治させないで、どんどん高い金を払わせて殺していくわけ。

大阪の伊丹空港のすぐそばにも専門クリニックがあるんですけど、カテーテル入れて、それを何回かやるだけで、がんがちっちゃくなるの。ダメージがないから本当に治るんです。すごい確率で治るんだけど、大学病院のお偉いさんが集まってるところが、そこをいじめて、いじめまくるんですよ。

山口　日本医師会とかね。

飛鳥　いじめるんですよ。徹底的に。治ってもらったら困るから。だってもうからなくなるもん。簡単に治っちゃったら。

山口　白鵬さんのお父さんと、僕、仲良しなんですよ。嫁さんのお父さんね。

そのお父さんが応援している医者がいて、名前もここでは言えないんですけど、がんを治せるって言うんですね。がんを治せるけど、それをやっていくとすごい嫌がらせをされてしまうと。

そうしたがんを治すクリニックは、中東あたりでやるしかない、日本ではできないと。

抗がん剤は5年分備蓄があるので、それを使い切るまでは治したくないという話なんですね。

飛鳥　この先5年くらいでは、今の厚生労働省の決めたシステムはなくならないです。だってロックフェラーが許しませんし、絶対、まだ押し付けてきますから。多国籍バイオ化学メーカーの「モンサント」も同様で、2018年6月、バイエルによる買収・吸収で、悪名高いモンサントの企業名は消滅しましたが、実態はそのままですから。とにかく日本という国は、ちょっとみんなおとなしすぎるな。

山口　そうですね。まんまとアメリカの戦略に乗ってしまったところはあると思いますね。遺伝子組み換え食品もバンバン入ってきてますしね。

AIの進歩でヒューマンセレクトが行われることはあらゆる予言で示唆されていた

飛鳥　あとそうだな、よく最近、なるほどこの手できたかというのがあるんだけど。AIがどんどん進歩していくと、AIが全部働いてくれる。ITとコンビネーション組んでね。人間はだんだん仕事しなくてよくなる。

そうすると、AIが働いた金を人間にどんどん還元してくれて、人間は働かなくても一生食っていけるという話をアメリカが流し始めてるんだけど、大うそだからね。

不要になった人間は始末しちゃおうというのが本当。

山口　だから、その選別が今、行われてる。

飛鳥　そうなんですよ。そのために、AIを進化させてるんですよ。

人間を殺す必要があるんだよ。ロスチャイルドとロックフェラーのプランでは、最後は世界の人口を5億人まで減らすみたいです。

山口　そういうふうに言われてますよね。

飛鳥　5億人以内。

山口　地球の資源とか食料を考えたら、5億人以上は生存してはいけない。肉食やめれば、もっともっと生存できるんですが。

飛鳥　連中のキャパでいうとそうなの。だからそのために必要なのが、戦争と飢餓なんだよね。あと、疫病なんですよ。さらに子どもを作らせないようにして、大災害を起こして殺していく。

山口　ヒューマンセレクトという選択が行われて、だいたい日本の人口は、適正として2000万人から2500万人だから、速やかに今世紀中に8000万人ぐらい死んでくれと。今1億人以上いるので、残り8000万はどうするんですかって。

飛鳥　早ければ今年中に始まったりして。

山口　そう言いますか。

飛鳥　日月神示を見てみると、第3次大戦は必ず起こると。するると、食料というのは基本的には戦略物資なので、日本に入ってきません。日本人の身体に入る74パーセントは海外からの輸入ですから。おそらく日月神示では、世界の3分の1が餓死するが、日本人だけは3分の2餓死すると予言されています。

これを額面通り受け取ると、3分の2が餓死するということは、おそらく6000万から7000万が死ぬということなんですね。

山口　大峠が来るって。日月神示を読み込んでいくと、子の年を中心に前後10年というんですよ。子の年というのは、一番近いのは2008年なんですね。

前後10年ということは、2008年から5年前と5年後という解釈にしたら、5年後は2013年だった。それが、マヤ暦の予言と一致するという話があったんですよ。

飛鳥　なるほど。そのとき言われたんだな。

山口　でも、前後10年というのを、前10年後10年とすると、２０１８年が実は日月神示の大峠じゃないのかなと。ものは言いようですね。

飛鳥　諏訪大社の下社の春宮というところが、２０１１年の1月14日、「筒粥神事《つつがゆ》」を行った際、最悪の三下り半が出たということで、春に日本は足すくわれるという予言が出ていたのね。するると、3．11が起こったでしょ。それで約2万人が津波で命を落としたわけです。

それだけではないんです、同年4月、黄泉《よみ》を司るスサノオ（大国主命と同神とされる）を祀る「出雲大社」で異常な事件が起きている。

ここに掲げられている日本最大の日の丸が、何の前兆もなく二つに裂けたんです。この国旗はＮＨＫが一日の放送を終了する際に映すもので、裂けた原因は不明のままです。

2万人近い霊が黄泉に下った以上、出雲で何が起きてもおかしくない。

不可解なのは、三陸沖で発生したプレート型地震によるひずみが、東京近くのトラフに至らず、おかげで東京湾に巨大津波が押し寄せることはなかった。

しかし、ズレが千葉県沖で停止した位置は、ほぼ千葉県の「香取神宮」と、茨木県の「鹿島神宮」の沖で、この2社には地震を鎮める「要石《かなめいし》」があることで知られているんです。

要石は大地の中心まで続いているとされ、水戸光圀がそれを確かめようとしたが、あまりの深さにあきらめたという伝説が残されています。

さらに不可思議なのは、「香取神宮」「諏訪大社」「出雲大社」がほぼ一直線上の帯に並んでいることなんです。

そして今年2018年も、なんと同じ三下り半が出たんですよ。そのせいか、今年に入ってありえない数の台風が日本を直撃し、大きな地震も次々と起きている。

山口　ジュセリーノも、よく不穏な予言してますよね。

僕はあまり彼を信じてないんですけど。危ないですよね。

飛鳥　今年がどうも最悪のレッドラインに入ってるんですよね。それもまだ入り口と言われています。

山口　確か、エドガー・ケイシーの予言でも、解釈によって2018年っていう話がある。

ノストラダムス予言の解釈だと、今年前後ぐらいっていうのもありますね。

飛鳥　どっちにしてもこの2018年から2021年というのが、悪いことばっかりなんですよ。聖徳太子の『未然記』でもそう。今年にそのゲートが開いたので、悪いことしか起きない。

山口　結局、闇の勢力って俗に言われている人たちからしたら、中国とか日本とか、ちゃんと約束通り人口減らしてないじゃないか、というところですよ。

安倍さんの下も、それに逆らうと暗殺されちゃうから。

飛鳥　安倍さんなんてダメですよ。おっしゃる通り、アメリカに従うしかないというか。あの人は、もともと経済音痴なんですよ。それは彼の大学時代からわかってるんです。大学のときの成績見ても。

それが、アベノミクスでしょ。アベノミクスを教えてるの誰だってことなんですよ。あんだけ不祥事起こしても絶対首にならないでしょ。バックにアメリカ、特にＣＩＡがついてるからですよ。

山口　南海地震もいつくるかわからない。

飛鳥　ああ、問題の南海トラフね。

山口　そうですね。南海トラフと、北朝鮮の暴走と、食料難があれば、結構日本人死ぬと思うんですよね。

飛鳥　こういうことなんですよ。「第三次世界大戦」で1年間日本への食糧を断てば、日本人のまず、高齢者が死ぬんです。そうすると、年金払わなくて済むんです。
　これで一挙に人口密度が変わっちゃうの。だから自民党も霞が関も、戦争のせいにしてそれを実現させたいわけ。

山口　食糧難に追い込んで、高齢者から。

飛鳥　戦争起こったから仕方ないんですよ、という話にしたいんだよ。

山口　食糧が入ってこなかったから。

飛鳥　これは自民党のせいじゃない。戦争のせいです、ってわけ。

食糧難を乗り切る秘策は1日1食！　おまけに成人病も治せる

山口　それで僕、ある鍼灸師の先生と、戦争になって食糧が入ってこなくなったらどうするかという話をしてたんです。

一つだけ秘策があるんですよ。人間は、1日1食で生きていけるという概念。

飛鳥　それって船瀬（俊介）さんのメソッドだよ。

山口　そう。船瀬さんのメソッドです。

飛鳥　1日1食。

山口　これ、タモリさんも言ってるんですけど、あまり食べないほうが長生きするという考え方がある。

皆さん、食事しますよね。1回の食事で消化にかかる時間を知っていますか。

これが、8時間かかるんですよ。ということは、3食食べると24時間ずっと消化してるんです。
不老不死とか長寿を目指してる人って、あまり食べないんですよね。
僕はそれを聞いて、しばらく1日2食でした。1回あたりの食事量もすごく少なくして。

飛鳥　炭水化物、減らしたんだろう。

山口　炭水化物も減らして。今は3食に戻してますけど、それでもカロリー数はかなり低いんです。

飛鳥　奥さんが全部管理してね。徹底的にやったんだよね。

山口　そうですね。1日で○○カロリー必要というのは幻想だという。
24時間、消化にかかってるエネルギーを、1日1食にすると16時間分のエネルギーが余る。
3食全部足すと、消化にかかるエネルギーってフルマラソン走るぐらい使ってる。

飛鳥　それは正しい計算だよ。

山口　16時間分のエネルギーが何に回るかというと、身体の悪いところを治すほうに回るんです。だから、全員が1日1食になったら食料難も小難にできるし、日本人を悩ましてるいろんな成人病、例えば糖尿病も直せる。僕は高血圧だったんですけど、それも治すことができる。

飛鳥　いろいろ調べてみたし、船瀬さんとも行動を何度か共にしたことがあるのね。あの人は朝昼抜くんですよ。晩御飯だけは腹いっぱい食べてました。そうすると、朝起きてから晩が楽しみで1日を生きることができるってわけ。

山口　それも一つの考え方ですね。

飛鳥　だから、例えば晩飯は何でも食っていい、腹二十分目でも構わない、それを生きがいにする、っていうのも一つの考え方ではあるね。

それから、船瀬さんは絶対に医者に行ったらダメだという人だから、もし車にはねられたとしても、絶対に入院できないの。

入院中の写真なんか公開されたら、まずいことになるからね。

山口　けがでの入院はいいじゃないですか。

飛鳥　俺もそう思うんだけどね。あの人は絶対に医者に行くなと言ってるから。何があっても、という言い方をしてる人だから。

山口　イスラエルかどっかで、医者がストをしてみんな休んだら、死亡率が下がったって話がありますね。ブラックジョークとしては最高です。

飛鳥　それは有名な話だな。

山口　武田鉄矢さんがラジオで言ってましたけど、健康診断とか人間ドックを、毎年一生懸命受ける人がいますよね。

飛鳥　人間ドックには行っちゃダメです。

山口　ダメですよね。放っておけば治るがんも、見つけて余計に悪くなる。

飛鳥　ダメです。かえって手術でがんが拡散する。

山口　わざわざ、がんになるために人間ドックに行ってるんじゃないか、がんになるのを順番待ちしてるんじゃないかという話をしてて。

飛鳥　人間ドックって、X線からCTスキャンからどれだけやると思います?
被ばく量がすごいですから。

山口　本来なら、多少のがんとかあっても、人間は免疫力でみんな治しちゃうんです。だから、免疫力を上げるために、僕は1週間に1回、1日ファスティング、断食をやってるんです。
朝昼食べて、昼の後は翌朝10時ぐらいまで何も食べない。20時間ぐらい食べないんですよ。

飛鳥　それすごいね。根性すごいなと思う。俺、真似できないから。
調べてみたらね、ある時期まで世界中が2食だったの。日本もそう。どこも2食だったの。

山口　江戸時代では、普通2食ですよね。江戸の職人は、2食でバリバリ働いてましたよ。

飛鳥　2食なんだよ。海外でも、間食として3時頃にちょっと軽くというのがあった。

あくまでおやつとしてね。基本的に2食だった。

それが、なんで3食になったかを調べたら、エジソンなんだよ。

あいつがトースターを発売するときに、自分のように頭のいい子を育てるには、このトースターを使って朝はトーストを食べよう、私のように1日3食べましょうっていうコマーシャルを流しやがった。それが世界中に伝播して。要は、全て悪いのはエジソンなわけ。

これ、ほんとの話です。

山口　そうですよ。実際、食糧難になっているということを、闇の勢力は人口削減の理由にしていますけどね。

また人類が2食に戻る、あるいは、できる人は1日1食にする。

そうしたら、食糧問題が大幅に改善できるでしょう。エンゲル係数も落ちるから経済的にも楽になる。

飛鳥　２食で腹七分目がベストだっていうね。八分目じゃ多すぎ。腹七分目の２食体制。これやってると、必然的にマッチョ体形になってくるんですよ。

山口　プロレス団体からリアルに転じた、パンクラス選手のような体形になれます。

放射線障害はがんだけではない！　心筋梗塞と脳梗塞で死ぬ人が急増

山口　人口を減らしたいという闇の勢力がいて、がんや人工ウイルスを拡げたり、さらに外食産業、ジャンクフードを利用している。

外食産業のことを食料利益と言っていて、テレビで外食産業の危険性とかを僕が言おうとしたら、スタッフに怒られたんですよ。

飛鳥　それはやめろって言いますよ。

山口　絶対言えないじゃないですか。

飛鳥　原発の話するのもダメだって。言い方がすごいです。福島の方がたの差別になるからって言い方をする。

山口　さも正義だみたいな感じでね。

飛鳥　これえらいことでね、何度も言いますよ。半減期、すごいですから。２万年以上とかあるんですよ。それに現状は全然変わってませんから。

山口　実際に福島で原発事故があったときに、応援に行ったタレントが、がんにかかったりしてる。乳がんになったりね。役者さんでは、ウインズ・オブ・ゴッドに出てた人。

飛鳥　今井さん。

山口　今井雅之さん。

飛鳥　自衛隊員出身のね。あの人もすぐ応援に行ったの。

山口　でも、あれは前からがんだったんだって、放射線が理由だということを関連づけないようにしている。

飛鳥　そうなんですよね。そういう不都合なことを、政府が汚く徹底的に覆い隠していくんだ。

山口　例えば、ガイガーカウンターでの計測を、地元の大学が独自でやろうとすると、文部省からストップかかるんですよ。勝手なことするなって。

飛鳥　今はもう、カウンターで計測しようという動きはなくなっちゃいましたね。

山口　もうみんな忘れたんでしょうか。

今、セシウムだけだって。あれ、ストロンチウムどこ消えたの？　プルトニウムは、ウランはどうなったんだっていう。

第3号機のMOX燃料ってプルトニウムとかウランですから。

飛鳥　大杉漣さんとか野村沙知代さんとか、心臓の疾患で亡くなる人が多いじゃないですか。

山口　放射線障害の最たる死に方は、心筋梗塞と脳梗塞なんです。この二つは、放射線障害からきていることがとても多い。

飛鳥　有名人が、心臓の障害で死にすぎます。

山口　あと、若い連中がどんどん死ぬんですよ、最近。ぽっくりって言われてるんだけど、いまだに原因はわからないって。NHKがこの間、クローズアップ現代でやってたけど。

飛鳥　24歳ぐらいのアイドルも亡くなりましたよね。こんなことなかったですよね、今まで。とにかく数が多すぎる。

山口　3．11震災のとき、横須賀に停泊中だった当時の第七艦隊主力空母は逃げたんです。

ものすごい放射線が飛んできたんです。航空母艦が放射線で汚染されると、寄港できないんです、世界中で。だから逃げたわけです。

横浜、銀座とか、ものすごい放射線だった。

あのときみんなで吸ったから、少し減ったみたい。

飛鳥　そうなんだよ。結果、恐ろしいことになるの。

山口　がんが増えてることを、政府は公的には認めてないですからね。

飛鳥　ドイツのメルケル首相って、典型的な原発推進者だった。でも3．11以降、データにつられてガラッと逆になったの。

そのデータがすごいんですよ。日本人のがん死亡率、これからがすごいことになってくる。

放射線でもエイズでもなかなか死なない！　日本人を減らすための次の手段とは

山口　でも、結局は日本人が放射線にも意外と強い体質だというのが欧米ではわかってきた。思ったよりは死なないなと。

そこで今度は、腎臓病で日本人を殺そうとしてるんですよ。がんとか脳卒中とか、そういうので日本人をさんざん殺してきた欧米がシフトチェンジしてるんです。

がんでも、日本人は意外としぶといと。たくさん死んではいるけれども、抗がん剤を拒否する人が増えたり、いろんな治療法をチョイスするようになって、すぐには死なないようになってきた。

がんでも死なない。日本人は結構避妊とかしてるから、エイズでも死なない。

でも、どうにかして日本人をもっと減らしたい。

そこで今度は何をやるかというと、腎臓病ですよ。

今、第3の国民病と言われるような状態で腎臓病患者がどんどん増えている。そして、腎臓病は治らないというように洗脳してるんです。

実は、腎臓病は治るんです、ある程度は。完治はしなくても、ある程度のところまではいくんです。ところが、治らないとマインドコントロールをかけている。

それで、何をやってるかというと、透析に落とすんです。

渡辺徹さんが、透析になっちゃいましたね。とにかく、病院は透析に落ちてもらいたいんです。透析患者のほうは、1万、2万しか月々払わなくていいんですけど、病院の経営的には、年間で1人500万ぐらい国から入ってくるんですよ。

日本の保険行政が赤字だというのは、この透析患者が33万人もいるからなんです。

こんなに透析をされてるのは、世界中で日本だけです。

がんとエイズで殺せないから、今度は腎臓病で透析にして、ほとんど動けなくしちゃうと。同時に日本の保険制度も破壊しようとしている。

その中で、船瀬さんは唯一救ってますよ。ファスティング、断食で治るよということを言ってますよね。でも、それを公《おおやけ》で言うとスポイルされる。

フジテレビのアナウンサーの長谷川さんがそういうこと言ったら、テレビ出れなくなっちゃいました。

飛鳥　僕もテレビ地上波で絶対やっちゃいけない、言っちゃいけないことは三つあります。

自民党を批判してはならない、原発のことは言ってはならない。もう一つあるんですけど、それが韓国批判なんです。向こうは好き勝手言ってますが、日本のテレビ局は皆さん韓国の顔色ばかり見ているようで。

山口　テレビでは言えないけれども、ライブとかプライベートでは、僕ははっきり言っています。外食産業はダメです。あと、遺伝子組み換え食品もダメです。

飛鳥　皆さま、常識ひっくり返しましょうね。

一つね、最近みんなもうガードが緩くなっちゃって、忘れてるかもしれないけれど、野菜の放射線チェックについて。

この野菜はチェックしましたけど放射能レベル0です、なんていう報告。あれ、うそだから。例えば基準が100以上で引っかかるというラインがあったとしたら、99．9だったら0として扱われるんです。0と言われれば、安心だと食べるでしょ。

でも、野菜のみで食べることは少ないですよね。普通、お米、肉、魚とかと一緒に食べるでしょ。そうすると、取り込んでいる放射能の量はものすごく多くなるんです。

山口　累計でね。

飛鳥　でも、累計のことは絶対に言っちゃいけない。テレビでも。0だと言って安心させて、たくさん食べさせるんだよね。

山口　自民党政府がむしろ率先して、この数字のマジックで日本中を引っかけている。

結局、いろんな圧力団体あるじゃないですか。腎臓病とか抗がん剤に関する日本医師会とか。あるいはＪＡ農協さん。

飛鳥　ＪＡは特にひどい。

山口　ＪＡさんは、こうした野菜の話とかしちゃいけない。東京電力グループは、当然、原発の話はしてくれない。

飛鳥　特に民放の番組に出るときは、きょうスポンサーどこだっけって。

山口　それチェックしますよ。問題になりそうなことは言わないですから、僕も。実際に、そういう資本主義の金もうけがベースになってるんですよ。金もうけを邪魔するような発言をしちゃいけないし、金もうけにマイナスになるようなことは言っちゃいけない。

飛鳥　ついでだから言っておくよ。福島原発事故が起きたときに、俺はヨーロッパしか信じなかったから、向こうのデータ見たらすごかったですよ。日本中が汚染されてるんだよ。日本中ですよ。人が住んでるところだけは、土地をひっくり返してごまかせるよ、小手先のことで。だけど、日本の国土のほとんどを占める山と木々、葉っぱに汚染物質が大量に付着したんです。そこに雨が降って、雨水と一緒に流れ落ち、地面に沁み込んで、地下水となり、やがて川になって流れてくるんですよ。

実はいまだに、大きな川をよく調べてみたら、ヨウ素が出てくるんです。これからも、特にプルトニウムとかは2万年間ずっと川に流れて来るんです。それを家庭で水道水として使うわけでしょ。

さっき言ったように0って言われていても、実は99．9まで可能性があるわけですよ。でも0にしてしまう。これでいくと、日本人を殺すのに一番良かったのが3．11なんですよ。

山口　アメリカは、100万人ぐらい殺すつもりでいたんですかね。

飛鳥　というか、まだやってますから。去年あたりに、九州熊本城のときもそうですね。山口県まで行ってこの間、島根から鳥取まで行きましたね。今年に入っても。一方、北海道から秋田、青森含めて実は地震が連発してたんですよ。

最近も北海道でまた起こった。

2018年9月6日、北海道の胆振《いぶり》中東部を震源とする大規模地震が発生し、気象庁は「北海道胆振東部地震」と命名しましたが、その範囲が北海道北部にまで及ぶことから、「北海道南部大地震」と命名してもいいだろうと思います。

今回の北海道の地震の震源は、南北に延びる「石狩低地東縁《いしかりていちとうえん》断層帯」とされ、岩盤が東西方向に圧縮される逆断層型だったというけど、この断層帯は、全長100キロに及ぶ長さで、主部と南部に大別されているが、今回の南部でマグニチュード7．7以上の地震が起きる可能性は0．2%以下で、注意する断層ではなかった。

ところが時間が経過するにつれ、石狩低地東縁断層が主犯ではないかもしれないという……

この断層帯で過去に起きた地震の震源は深さ5～15キロだったのに対し、深さ37キロが震源だったからです。

「北海道大学」の笠原稔名誉教授は、北海道は日高山脈を挟む形で、東の「太平洋プレート」と、西の「陸側プレート」が挟み込み、地震が起きやすかったと指摘、暗にプレートが潜り込む「海溝型地震」の可能性を残しています。

実は、こうなる前に不気味なことが起きていたんだ。

２０１８年1月23日、同日発生したのが日本の「草津白根山水蒸気噴火」、北アメリカの「アラスカ湾沖地震」、太平洋上の「フィリピン・ルソン島／マヨン山噴火」で、アメリカの新しい「エリア52」の大型「HAARP」（注・高周波活性オーロラ調査プログラム）で起こされた可能性があるんだよ。

さらに、夏休みから再稼働していたアラスカの旧「HAARP」も連動して、日本を実験材料に気象兵器で総攻撃した結果、尋常ではありえない気象異変や災害が日本を襲い、多くの死者まで出ている。

これらは、最終的にアメリカによる「南海トラフ地震」の引き金で、日本列島を南北から挟み込んで巨大地震を誘発させ、３００万人近くを間引きする「地震兵器（気象兵器と一体）」の実験（実際は日本人殺戮）を行っている証拠ともいえる。

これにより、日本列島の南北が互いに逆ねじれを起こしてきたところへ、北から「アラスカ沖→アリューシャン海溝→千島海溝→日本海溝→相模トラフ→東海セグメント」と、「太平洋プレート」沿いに圧力が移動し、「南海トラフ地震（南海・東南海・東海連動型）」の前兆として、必ず北海道で地震が相次ぐわけ。

これ実は何を言ってるかというと、日本列島って逆『く』の字型になってるじゃないですか。場所から見たらわかるんだけど、九州側と北海道が逆ねじれになっていて、富士山あたりが一番バキッと折れやすいんですよ。

山口　なってます。

飛鳥　つまり、南のプレートと北のプレートとを同時に動かしたら、だんだん動いて最終的に南海トラフに行くんです。

怖いのは、草津の噴火のときに山が、水蒸気爆発したでしょ。

なぜだか、訓練中の自衛隊員だけが亡くなったの。水蒸気爆発で。

そこだけなぜか、観測機が置いていなかったという。……ありえないですから。

山口　そうなんです。どうも不審な点がすごくあって、熊本地震の前夜に、ある若夫婦が撮影した動画を見せてもらったんですけど、よくわからない飛行物体が飛んで来て、垂直に山に何か放射してるようだったんですよ。そのまま立ち去ったって。
　僕は米軍のステルスだと思うんですけれども、何か仕掛けたんじゃないのかなと。

飛鳥　水蒸気爆発が起こった同じ日に、先ほども言ったように、フィリピン・ルソン島でも大噴火があったんだよ。同じ日だよ。同じ日にアラスカ湾で、大地震が起こったの。でも最初、アラスカ沖地震では震源が0メートルで、震度もわからなかったんだよ。

山口　グアテマラでも起きてるじゃないですか。

飛鳥　全部連鎖してるんだよ。

山口　ハワイでも起きてましたよね。噴火が。

飛鳥　それで大事なことを再確認するけど、アラスカの断層が、日本に向けてずっと動いてるんだよ。

フィリピン海プレートもそうで、火山の大噴火の影響は日本にもやってくる、北上してるんだ。

一方、1991年、フィリピンの「ピナトゥボ火山」が世紀の大爆発を起こしたとき、ひと月後ぐらいに雲仙でも噴火が起き、溶岩ドームが崩壊して火砕流が発生し、大勢が蒸し焼きになった。

その前に、僕は台湾にも影響が起きると言っていた。

そしたらやっぱり、台湾でも大地震が起こった。そりゃそうだよ。プレートは動いてるんだから。

フィリピン海プレート北上の影響が大きくなったら、おそらく伊豆七島の三原山が噴火する。ひどいときはね。さすがに今はまだないけど安心はできないですよ。

何が言いたいのかというと、フィリピン海プレートの終着地点が、富士山直下と南海トラフなんです。

北からは、アラスカ沖からアリューシャン列島を経た北米プレートの南下で、これらのプレートのどっちもが行き着く先が日本列島なの。

ということは、逆ねじれしてるそこへ、地球規模の負荷がかかるわけです。

それを、誰がやっているんだってことなの。

山口　人工地震については全面的に支持するわけじゃないんですけど、やはり作為的なものをすごく感じています。南海トラフが起きたら１４００兆円ですね、損失が。

飛鳥　そんなことになったら、日本はここ数十年で終わりですよ。背骨が折れてしまうからね。東海道新幹線も終わりだし、東名高速道路もお終い、富士山が噴火したら新東名も溶岩で終わり、東海道という日本の背骨が折れて日本は寝たきりになるわけです。

山口　日本国は龍の形をしていて、その背骨を折ってしまえば日本という国が滅びるということは明らかなので、最後の総仕上げに、白い悪魔がそろそろ本格的に牙をむいてきたかなという感じがしますね。

飛鳥　だから、きょう、あす、あさって、どちらにしても南海トラフはいつ起きてもおかしくない状況に突入しちゃってるの。

アメリカの日本奴隷化と海底資源略奪計画

飛鳥　今年8月の台風10号だって、あれはコースがおかしいでしょう。

山口　直角に曲がりましたよね。

飛鳥　それもあるんだけれど、まず、台風が来る云々の前に、二つの高気圧が二段重ねで日本を覆っていて、にわかに信じられない気象配置だった。

いわゆる、圧力釜状態だったんですよ。こんなこと、かつて一度もありません。高気圧の上に、もう一つ高気圧というのは、圧力釜と同じなんです。

その前はどうだったかというと、バックビルディング現象といって、雨雲が次々に発生して、同じ地域に大雨を降らせ続けたでしょう?

あれは沖縄のほうにケム・トレイル（注・何らかの有害な目的を持って飛行機から散布された人工物質）を、アメリカ軍がかなりまいていたんですよ。

で、今度は台風が鋭角に曲がって、逆方向に進みましたしね。これは観測史上初だそうです。

そりゃそうでしょう。人工的ですから。

山口　そうですよね。東から西に流れる台風なんて見たことないですよね。

飛鳥　ないですよ。昔、確かに迷走台風っていうのはありました。

山口　ありましたね。

飛鳥　70年代にね。でも、台風10号は違いますから。

一番の根幹は、その圧力釜のふたを外しても、なんとそこに、寒冷渦っていうのが出てくることなんですよ。寒冷ですよ。普通はこれ、北極圏の渦なんです。なんであそこに出てきたのか。寒冷渦を伝って台風は行くわけでしょう？　ケム・トレイルがまかれたところを、逆走してたんですよ、この台風は。

皆さんは全然、気がついていないかもしれないですけれど、これで西日本の米作りはアウトですから。飢饉が来ますよ。これ、本当にやばいんです。

山口　毎年のことですけれどね。だから、僕が思うに、インターネット時代になって、割と情報が共有されるようになったんですが、やはり、アメリカは決して味方ではないですよね。

飛鳥　違いますよ。国家としたら完全に敵です。日本民族を根絶やしにするなら、ＣＩＡは何でもやりますから。

山口　友人でもないわけです。日本からただ狡猾に金を奪って、日本が逆らえないように洗脳しています。家畜と同じですね。

日月神示の神一厘の仕組み、首の皮1枚が発動するかどうかっていうのは……。

飛鳥　いや、もう発動してるから大丈夫。

山口　大丈夫ですか。

飛鳥　それが結局、もうすぐ誕生する最後の天皇陛下なんです。もっというと、アメリカはこの国を略奪したいんです。なぜなら、実はこの国の地下が金だらけだからです。

沖縄を含めて、ものすごい海底金鉱床が手つかずで眠っています。さらに、恐山なんかは金が露出しています。でも、国定公園だから採れないんですよ。

ところが、日本人を全部殺してしまえば、これが全てアメリカのものになる。

正確にはロックフェラー、さらに正確に言えばロスチャイルド、もっと正確をきせばイルミナティですよ‼

山口　なるほど。

飛鳥　莫大な金で、今の世界の金の総量を超えています。

山口　僕は、生かさず殺さずだと思ってます。

飛鳥　いや、ほとんどを殺しますよ。

山口　ある程度殺して、ある程度奴隷として生かしておくのではないですか。家畜だって価値ありますから、ある程度残すんじゃないかなと思いますね。

飛鳥　だから、３分の１だけは残すんですよ。

山口　歯向かえない程度の力に落として、子分として飼っておく、みたいな感じですね。

飛鳥　今、自民党を支えているのが、実は若い層なんですよ。10代、20代、30代が自民党を支えています。前は、老人でした。その後は団塊の世代が支えていたんですけれどね。

山口　今は70代ぐらいですかね。

飛鳥　団塊世代が、今は、自民党支持から外れてるんですよ。もうダメだ、あんなところって。ところが、今、若い連中が自民党を支えています。

山口　そうなんですよね。結構、10代、20代が、割と右寄りで保守的な考え方になっています。

飛鳥　韓国に対して歯向かえるのは、自民党しかないとかね。

山口　それで早く選挙権を持たせたの？

飛鳥　そうですよ。18歳に下げました。

世界的には、徴兵制は18歳からなんです。それで、米軍と同様に、18歳以上の男女を全部徴兵します。すると、徴兵される10代、20代、30代、プラス60代、70代以上の団塊の世代より上の老人を含めると、人口の約3分の2になるんです。だから、全部死んじゃうんですよ、そのくらいの年代は。で、中間ぐらいの、敏ちゃんぐらいの世代が生き残るんです。

山口　アメリカはそういうふうに思っていても、僕はそうはいかないと思っているんです。

アメリカの計算外のことが、結構起こっています。

いろいろ仕掛けている人工地震でも、思ったより人が死ななかったわけです。

どうも日本人には放射線があまり効かなくて、たくさん浴びている割に、意外にも生きている人が多いので、「これはどうしたことか、想定外だ」という話になっています。

でも、日本人も気がつき始めているんです。

だから僕は、このまま、むざむざ殺されることはないなと……。

飛鳥　もちろん、神一厘っていうのが、実はそれなんです。結局、アメリカは失敗するんですけどね。だから、堂々と日本の未来について怖い話ができるわけ。

山口　悪魔の子飼いですからね……。

飛鳥　そう。皆さま方はご存じないかもしれないけれど、『マニフェスト・デスティニー』という言葉があります。これは、アメリカの西部開拓時代の啓蒙思想で、アメリカ政府の根幹です。

これが今も、ずっと続いています。

「西へ行く間に、有色人種は惨殺しても構わない。神は許してくれる」というのが、『マニフェスト・デスティニー』なんですよ。

これがあるから、西部開拓が始まったわけです。それで、西の端まで行き着いたんですよ。そうなると、太平洋を超えなきゃいけなくなって、ハワイを略奪して、フィリピンも女子供数万人を虐殺してから略奪し、日本も熱核反応で10万人以上を蒸発、もしくは即死させて略奪し、最終的には、イスラエルに行って、世界の全てを略奪するっていうのが、『マニフェスト・デスティニー』というアメリカの啓蒙思想なんです。

「その間に有色人種はいくら殺しても、神は許す」という思想なんです。

これを知っておかないと、本当のアメリカはわからないですよ。

山口 そうですね。異教徒だから、殺しても、所詮家畜のゴイムですからね。殺しちゃえばいいやと思って……。

飛鳥 本当、殺しちゃえばいいと思ってますから。

トランプの日本核武装計画

山口 もっと深刻な話もありますね。

飛鳥 もっと……。たいへんだな。

山口　元北朝鮮の誰々が核を持ってるとかね。

飛鳥　トランプはおそらく、北朝鮮を核攻撃する意向はない。絶対残しますよ。

山口　もうちょっと、道具として使うでしょうね。

飛鳥　それと、トランプと習近平が会ったときの話の一部がすでに公開されてるように、このままいくと日本は核武装することになると脅しています。というか、トランプは日本を核武装させたいんだよね。期限が２０１８年なんです。日本がプルトニウムを持っていいのは２０１８年まで。そのプルトニウムを使って、日本を核武装させたいんですよ、トランプは。

山口　対中国という意味で。

飛鳥　対中国です。

台湾も核武装させたい。朝鮮半島も核武装することによって、中国を雪隠《せっちん》詰めにするんです。中国をつぶしちゃうんですよ。あそこは、史上最大の粉飾国家ですから。

大粉飾ですよ、あれ。だって100万人規模の都会、人も住まないのに「鬼城（ゴーストタウン）」を延々と作り続けてるんですから。

その意味で言えば、経済成長の目安となるGDPも粉飾していることになる。共産国家だからできるんだよ、あれ。東芝よりもひどい。

山口　国が株価操作に関与してますからね。

飛鳥　自分でやってますから。共産主義だとごまかせるんですね。

だからトランプは今、貿易戦争をふっかけてるんですよ。だって、中身空っぽなんだもん。本当は金ないんだよ。

世界中の金をとにかく集めることでごまかそうとしてるんだけど、おそらくもたないので、中国では内乱が必ず起きますね。そして、株価は史上空前の大暴落をします。

トランプってビジネスマンだからわかってるんです。

中国つぶすにはミサイルいらない、経済を叩き潰して内部で崩壊させればいいだけです。

山口　リビアが崩壊して、カダフィが殴り殺されてっていうのと同じことに中国もなるかもしれないですね。

飛鳥　中国で内乱が起こると、国民同士ですさまじい規模の殺し合いがあるでしょうね。中国人同士が鉈《なた》や青龍刀で殺し合うんですよ。もちろん、中国軍も互いに攻撃し合うことになる。

山口　三つの国に分かれるプランがある。

飛鳥　三つないし五つですね。これでチベットは、解放されるんですよ。

山口　いいことです。

飛鳥　ひょっとすると、早ければ次回のオリンピックまでに中国はないかもしれない。

ロシアvsイルミナティ

山口　ロシアの話もしますけど、プーチンは偽物っていう説がありますよ。入れ替わっているんです。

飛鳥　オカルト的に面白い話をすれば、プーチンは、要はロマノフ王朝を復活させようとしているらしいです。だから、皇帝だといわれているのね。
　ラスプーチンの再来だといわれています。

山口　親日家ですしね。

飛鳥　ラスプーチンっていうのは、ロマノフ王朝を支えてきた人なんですよ。
　この人の孫とも、生まれ変わりとも言われているのが、プーチンです。

山口　プーチンは、アメリカ勢力に対抗しようとしてますね。

前から、インドとロシアと日本で新三国同盟を作って、中国を挟み込むべきだと思っています。いずれ中国とアメリカは手打ちをしますので、日本とロシアとインドで、それに対抗するしかないということなんです。

飛鳥　プーチンというのは、最後の宰相といわれています。なぜ最後かというと、ロスチャイルド、ロックフェラーと戦える、唯一の最後の宰相だからです。だから、世界が徹底的にプーチンを叩き潰そうとします。

山口　そうでしょうね。ロシア領とか、イルミナティに対して、露骨に反旗を翻していますね。

飛鳥　はっきり言ってるのは、世界でプーチンだけです。

山口　消したいんでしょうね、イルミナティ側としては。

飛鳥　これから戦いますよ。でも、プーチンはＥＵを叩き潰すまでは負けないでしょう。

第二部

開国以来、アメリカにコントロールされ続けている日本

自民党の、若い世代を貶める教育

飛鳥　今の若い連中は、待ち受け世代なんですよ。

10年ほど前かな、東京で敏ちゃんのあまり好きじゃない某編集長と一緒にレストランに行ったときに、まず、女の子が注文取りにきました。

山口　はい。

飛鳥　彼がビールを注文したとき、その女の子が、タレントの誰かと似てたので、それをMが言って、俺も「似てるね」って言いました。

で、彼女は行っちゃったんですが、注文したものが何も来ないんですよ。「ああ、これか」と思いました。今の若い人は、頭の中が1チャンネルしかないんです。だから、何か他のことを言うと、そっちだけ聞いて、あとは覚えていない。それで、今度は男の子のほうを呼んだんですよ。

で、「注文したけど」って言うと、「あ、すいません」という返事でした。

そこでわざと、「君、ジャニーズの何とかに似てるね」って言ったら、「ありがとうございます」って言って戻って行って、それっきりです。

山口　ばかなんですかね、それ……。

飛鳥　というか、頭に1チャンネルしかないんです。そういうふうに教育されているので。

山口　日本人が劣化してるっていうのは、僕も非常に感じています。

僕は、特攻隊に行った母のいとことかいますし、いわゆる傷痍軍人が街角に立ってアコーディオンを弾いてた時代を見ていた世代なんです。

戦争の傷痕というか、まだ戦争の臭いが残っている中で育った。

だからやっぱり、あわよくば、アメリカに仕返しをしてやりたいなという、ちょっと恨みみたいなものを持っていたんですよ。

「くそ、このまま日本がアメリカの植民地になってたまるか」というのがあったんですが、今の子たちには、確かにそれがないんですね。

飛鳥　全くないですよ。ある意味、非常に純粋な子どもたちですよ。
昨日また、さっき話したレストランに行って、若い子が来たからドリンクとトンカツを注文しました。すると、「ドリンクは先ですよね」って聞いてきたので「いや、違うよ。後にして」って答えると、その子は厨房に戻ったんです。
そしたらすぐに、ドリンクを持ってきたんですよ。全然聞いていないんです。もっと言うと、自分たちのスタイルとしては、先にドリンクを飲むものと思ってるんでしょうね。思い込みが激しくて、人の話を聞いていないんですよ。

山口　若い人が街角でしゃべっていると、まるで犬が吠えてるように聞こえるときがあります。言葉のレベルが、すごく下がってるなと思います。

飛鳥　だって、形容詞が使えないですから。

山口　そうなんですよね。言霊が的確に使えない。かなりレベルが低いんですよ。

飛鳥　そういうふうに教育してるんです。はっきり言っておきますね。偏差値の偏重で、限界を作ってしまった。

山口　僕も、一部上場の一流企業でサラリーマンやっていましたけど……。

飛鳥　某日通。

山口　某日本通運で。すると、自分は出身大学でここまで行けるなって、だいたいわかるんですよ。学歴と偏差値で、将来が決まってしまう。夢なんか何もない。

飛鳥　決まっちゃうんですね。「偏差値で、お前たちの限界を思い知らせる」と、自民党の当時の某文科大臣が言っていたんですよ。

角棒で暴れる若者を、長い時間をかけて、徹底的に教育したんです。

山口　貧乏人は麦を食え、ですかね。今だとジャンクを食え、ですか。

飛鳥　そう。その途中で、待ち受け世代の前のいわゆるゆとり教育ってやつで、これでもう、男という男は全部、玉なしになっちゃいました。

山口　草食男子ですね。肉食女子に食われまくり。

飛鳥　その後が待ち受け世代。なにかと言うと、マニュアル世代なんです。マニュアルがないと何もできないから、上司から命令が来るまで動きません。下手に動くと叱られますから。

山口　うちの事務所では若いのが多いから、僕がいろいろ指導するじゃないですか。そうすると、「熱血なんて古いっすよ」みたいな感じで言われるんです。今どき「巨人の星」ですかなんて言われる。

飛鳥　古くないですよ。私、熱血だし。

山口　熱血とか、精神論をぶる気持ちは全然ないんですけれど、もっと志を持てって、僕は常に思ってるんです。士魂商才ですよ。

やっぱり、日本人は侍のスピリッツを持つべきだと思っていて、たとえ矢が尽き刀折れても、死ぬときはせめて一太刀浴びせて、腹を切ろうという気持ちが必要なんですよ。

飛鳥　そうなんですよ。それが神一厘なんです。基本的にはね。

山口　それが、若い世代には全然ないんですよね。負けるときは負ける。死ぬ気で勝つよりあっさり負けた方がいい。結果、どうなったか？　よく、失敗は成功の母とか言うじゃないですか。

飛鳥　精魂や精神力がないように教育されたんです。長い間、数十年かけて徹底的にアメリカの傀儡《かいらい》の自民党が教育したんです。失敗が許されないような教育をしたんですね。

山口　言いますね。乾坤一擲《けんこんいってき》の努力とかしないんですよ。

飛鳥　今はマニュアル世代だから、失敗のありえないマニュアル通りにやらないと叱られちゃうんですよ。そういう会社もあるし。失敗は許されないんです。

山口　そうして今の若い人が情けないおかげで、オカルト分野ではベテランの飛鳥先生とか僕が生き残れている、と。

食いついてくる若い人、いないじゃないですか。当分、ある意味では安心です。

飛鳥　そうなんです。逆説的にホッとします（笑）。

山口　でも、僕がちょっと可能性があるなと思うのは、まだ『ONE PIECE』がヒットしているというところです。『ONE PIECE』のルフィとかを見ていると、徹底的に追い詰められても、最後の最後まであきらめることをしないじゃないですか。

あれが若者たちに受けてるということは、まだ日本人の神一厘の仕組みが発動する余地があるのかな、と思うんです。

最後のワンピースは、日本人のあきらめない心かなと思います。

北朝鮮と韓国の日本人支配計画の裏にはＣＩＡがいる

飛鳥　神一厘という意味でいうと、まさにその通りです。

今の小学生は、ゲームもやらない、漫画も読まないですよ。

ゲームもやらないんです。今、ゲームをやってるのは、みんな20代とかです。

何のために生きてるのかわかりません。長期政権化する自民党の教育が、大成功しているんです。

男が女性化してどんどん玉なしになってくると、結局、人口が少なくなるでしょう。

この間、安倍さんがトランプから言われたことは、まず「北朝鮮に支払う２２０兆円のうちの半分を日本が持て」でした。そして、これを安倍首相が承諾しました。

山口　そうです。核廃棄にかかるお金ですね。

飛鳥　韓国は日本に、「従軍慰安婦の分があるから、日本政府が全部払え」って言ってますから。

それから、まだあるんですよ。

「メキシコ人を200万人、日本が受けいれろ」

現在、引きこもりが70万人（実質は130万人以上）ですが、そういうふうに教育した結果がこれです。で、働き手が少なくなったから、「メキシコ人を雇え」と。

そのメキシコ人が母国に送るお金で、国境に壁を造らせるというんです。

賢いでしょう？　だってトランプは、ビジネスマンですから。政治家じゃないですよ、彼は。

だから、北朝鮮の金正恩とは、ビジネスパートナーなんです。

北朝鮮がミサイルを打ち上げるごとに、日本はたくさん武器を買いますよね？

山口　そうですね。

飛鳥　あのイージス艦の地上版の値段、ご存じですか。6000億円かな。同じものが、ハワイでは45億円です。それを自民党が支払うんです、皆さんがたの血税で。クレージーですよ。

山口　今、NHKで『西郷どん』を放送していますが、結局、薩摩と長州が明治維新を起こして、薩摩、長州、土佐の子孫の2世、3世が、いまだに政府の既得権益をにぎっています。江戸幕府から独裁者が変わっただけ。

日本は自由社会だって言ってますけど、如実に身分制度があるんです。いいですか、上流階級に生まれていない子どもは、一生うだつが上がらないです。僕とか飛鳥先生もそうなんですけどね。結局、大名の子孫とか、皇族の流れとか、そういう既得権益を持ってる少数の奴らが支配する。市民は奴隷ですから。で、芸能界とかメディアの世界は、日本人じゃない人、在日の人とか、帰化した人々が支配しています。

そして純正日本人は、被支配者として、永遠に家畜として管理されるという仕組みなんです。

飛鳥　でも、奴隷と思わせないところが、アメリカの賢いところなんですね。

山口　そうなんですよ。わからないうちに奴隷化している。

飛鳥　皆さんが知らない間に、東京のキー・ステーションは、全部、芸能事務所Ｙに支配されました。教育放送から何から全部です。

見てください。どの番組にも必ずＹの芸人が、ほぼ１００パーセントいます。なぜか？　Ｙの芸人の多数が、在日なんです。

山口　在日の方が多いですね。

飛鳥　ものすごい数ですよ。聞いたらびっくりするぐらい多いですから。ということは、在日の人が日本のテレビ局を押さえたわけです。

例えばの話、Ｙが「そうでっか、じゃあ芸人全部、引かせてもらいますわ」って言ったら、テレビ局は真っ青ですよ。全部の番組が成り立たなくなっちゃうんですから。

ＮＨＫなんか、Ｙに完全に支配されてますからね。Ｅテレも然りです。

サンミュージックはどうなったの？　ワタナベもどこに行ったんですか？

どこかでいるにはいても、現実的にはＹが、完全制覇したんです。

山口　芸能界はみんなそうです。

大手事務所の経営者たちは、ＣＩＡのエージェントですから。あの人たちは日系人ですからね。

ＣＩＡの指示を受けて、日本に芸能文化を作り上げました。

人間を堕落させるという計画の一環だと思いますけれどね。

飛鳥　欧米は、特に日本人が怖くて仕方ないんです。

だって、日本が暴れたおかげで、アジアの植民地を手放さざるを得なくなりましたし。とにかく、日本さえ制覇して、おとなしくさせてしまえば、いっそのこと日本人を一掃してしまえば、白人の理想の世界が到来すると思っています。

山口　そうですね、白人の天下になりますね。

飛鳥　日本人だけが邪魔なんです。だから、米軍は絶対に日本から出ていきませんし、GHQが在日を使って日本民族の分断を企て、CIAがそれを継承しましたから、今では誰が在日で帰化人で日本人か、全くわからなくなりました。

もう、マスメディアはほとんど在日と半島系の帰化人が支配しました。テレビ局にも相当数の半島系が入ってます。もっとはっきり言うと、面接で通るのは在日や半島系帰化人の人ばかりです。実は、日本の大企業のうちの3分の1は在日か半島系ですから。

山口　うちの親父は自民党員で、バリバリの自民党なんですよ。

それが、同じ日通系列で役員やっていましたから、そういう子たちばっかり集めるんです。大手企業の血族経営ですよ。だから極左系、昔は学生運動の党首だったとかは、もうバッテンです。

そういうふうに、国策企業と政府がうまくやってきたっていうのは、事実ですよ。

飛鳥 ただ、これ、全部アメリカが裏から仕組んでやっていますからね。CIAなんですよ。最後の最後に、天皇家も在日と入れ替えるっていうところまでいったんです。だけど、生前退位、あれで、アメリカは最大のチャンスを失い、逃げられてしまいました。もうどうしようもないので皇室に送り込んだのが、話題になったあの男です。

山口 でも、宮内庁の中で、阻止しようという勢力があるから、安心じゃないですかね。

飛鳥 とんでもない。いろんな陰謀を働かせて、その男を幕閣として引き入れ、天皇陛下にしてしまおうという。

山口 そうアメリカに都合よくいきますかね……。

飛鳥 いかないです。神一厘だから失敗するんですよ。だから僕は、こうやって言ってるわけです。でも、こういう計画があるということを、日本人はみんな知らないから後手に回ってしまうんです。

山口　なぜ、韓国の諜報部員がＫＣＩＡ（注・大韓民国中央情報）というのかというと、結局、ＣＩＡの子会社みたいなものだからですね。日本版ＣＩＡができても、所詮子会社です。

飛鳥　そういうことです。分家です。

山口　韓国も今は、アメリカの忠実な犬になってますからね。日本人はもう少し目を覚まさないと。

自民党はアメリカの傀儡《かいらい》政権だ

飛鳥　今年は、「HAARP」という気象兵器というか地震兵器で、日本列島に大災害を起こしたり、徹底的に、とにかくあらゆることをやってます。すごいですよ。これでもかってくらいやってますから。

山口　でも、南海トラフ地震はなかなか起こらないですね。

飛鳥　来ますよ。実は、大地震と台風と、気象異変っていうのはものすごく関連しています。関東大震災のとき、台風が来ていたことをご存じですか？　東京のすぐ上（北側）に台風が来てたんですよ。

関東大震災であれだけの大火になったのは、台風が東北にいて、その風であおられたからです。

山口　じゃあ、南海地震、東海地震、関東大地震と……。

飛鳥　今年の台風10号は、なんで西に向かって来たんですか？　あれ、完璧に南海トラフですよ。

山口　本当、地震が多いですよね。あまりにも不自然。
熊本地震も1発目のあと、しばらくして、本震がガアンと来るという形でした。
みんな油断してるところに、2発目にもう1度バーンと来られると、きついですからね。

飛鳥　政府は、南海トラフで33万人死ぬと言っていますが、とんでもない。一桁違いますよ。
300万ぐらい死にます。大阪府が調べただけで、33万人どころじゃないんですから。
大阪府だけで、政府が発表する数の2倍半くらいです。

山口　もっと死ぬでしょうね。
難波とかも水没するみたいですからね。関西が地獄絵図になります。

飛鳥　だって、難波のあたり、御堂筋というのは、実は活断層です。活断層の上に道路があって、その下を地下鉄が走っているので、あれで大阪は真っ二つです。
さらに、和歌山に串本という紀伊半島の一番先っぽの村があるんですが、あそこは、南海トラフ地震で揺れている間に巨大津波が来ます。３分以内に来るんです。
だから、逃げられないです。でも政府は発表しないですよね。

山口　しないですね。

飛鳥　３分ですよ。揺れてる最中に津波が来るんですから。
それから名古屋ですが、あそこは太平洋側に向いてますよね。大阪は、紀伊水道とか内側になっているからまだいいんですが、名古屋は直撃です。

山口　今回は反米丸出しで、すごいエネルギッシュですね。

飛鳥　だって、もう言わざるを得ない状況になりましたから。台風10号、怪しかったでしょう。

山口　不自然な台風でしたけどね。動きが変でした。

飛鳥　本当にそうですよ。気象庁だって、あれはありえない、不自然だって言っているんですから。それって人工だということです。

山口　その割には、自民亭とかいって、自民党は赤坂で飲んだりしています。のんきなもんですよね。国を預かっているという意識が低い。

飛鳥　だって、自民党はアメリカの傀儡政権ですよ。

山口　逆らうと殺されちゃいますからね。

飛鳥　そういう意味もあるけれど、もともと自民党というのは、自由党と民主党が一緒になってできたものでしょう？　もっと言うと、アメリカの主導の下、毎年必ず年次調書というのを受けていて、ずっとその通りに従ってきたんです。

山口　そうですね。ご許可を得て動いていますね。何ら自分で決定できない。

飛鳥　これを、傀儡政権っていうんですよ。一番賢い方法です。監視を同じ民族にやらせるの。

元ナチスが使っていた方法なんですよね。ユダヤ人をユダヤ人に監視させて、自分たちは責任を取らないんです。更にたちが悪いのは、在日や半島系が自民党に数多く潜り込んでいます。

山口　江戸幕府は、えた、ひにんに、農民、町民を監視させ、岡っ引きもやらせていました。そうすれば、農民とか町人の恨み、憎しみは武士階級に行かないで、みんな岡っ引きに行きますからね。

それと同じ仕組みなんですよね。弱者と、より弱者が憎みあう仕組みですよ。

飛鳥　なんせ、岡っ引きというのは、やくざよりもたちが悪かったって聞いていますよ。

山口　そうらしいですね。

飛鳥　みんなに嫌われていました。

山口　ええ。マイノリティに支配させると、そっちに憎しみが行くんです。白人の領国支配の基本的スタイルです。日本人は、その仕組みに気付き始めてるとは思うんですけどね。

飛鳥　アメリカは、これをものすごくうまく使うんですよ。本当にうまいなと思いますよ。

山口　非常に頭のいい奴らですよね。

飛鳥　で、日本が稼いだものを、どんどん盗んでいきますからね。

山口　そうなんですよ。また、アメリカがすごいなと思うのは、カナダとの戦争を想定してシンクタンクを使っていたり、比較的友好国のメキシコとかイギリスとの戦争も想定して、プランニングしているというところ。恐ろしい国だなと、つくづく思いますけどね。

飛鳥　在日米軍基地、横田基地の周りには地雷があります。なぜかというと、自衛隊と戦争になったときのためです。

当たり前じゃないですか。アメリカが、日本人を信用するはずないですよ。

だって、忠臣蔵のお国ですから。

山口　そうですね。何をするかわからないですからね。

飛鳥　私は、「トランプはちゃぶ台返し」って言っています。今までの条約は、全部ひっくり返すからです。EU、中国、最後は日本もやられます。

彼はビジネスマンであって政治家じゃない。国として、一番もうかるのは戦争なんです。最大のビジネスである戦争をやろうとしているわけです。

だから、第3次世界大戦は起こるんですよ。早ければ今年、遅くても来年以降、近いうちに起こる可能性があります。

山口　最終的には、北朝鮮をやっちゃうと思いますよ。

アメリカは最初から友好ムードなんかくそくらえで、北朝鮮をつぶすつもりだと思っています。どういうふうに将棋を進めるのか、トランプさんのお手並み拝見ですね。

飛鳥　日本は、間違いなくATMになります。

誰も文句を言わないし、奴隷みたいにおとなしいし。言うこと聞いてばかりですものね。アメリカにとって、こんなにたやすい連中はいません。生かすも殺すも、アメリカ次第だし。

山口　そうですね。

飛鳥　と、向こうは思い込んでいます。

山口　日本に、朝鮮戦争の特需みたいなうまみはないのかとか聞かれますけどね、景気が良くなったりとか。それはないと僕は思います。ただひたすら迷惑かと。

飛鳥　私も思います。ひどくなる一方です。
　もっと言うと、預金封鎖されて、全部、自民党政府に持っていかれます。

山口　朝鮮戦争でもうかったのは、日本をもうけさせて、ある程度、経済復興をさせておかないと、共産圏のストッパーにならなかったからです。あのときは、日本を立てるという戦略でした。今後のアメリカからしたら、日本を立てる義理はないですからね。あと末永く血を吸うだけなんで。

飛鳥　だから、今のうちに少しでも、インターネットで売れ残っている切り餅を大量に大人買いしておくことです。食糧がやられちゃいますから。
　戦争が起きたら、食糧は戦略物資になって絶対に日本に入って来ませんから。

日本の自給率は40パーセントとも言われていますが、そんなにいっていない、カロリーベースなので大ウソという話もあります。

山口　そうですね。

飛鳥　だから、これだけで大量の餓死者が出るわけですよ。だけど、切り餅っていうのは、一つでごはん1膳分あります。お正月後に大量に余ったやつが、大安売りされますからね。それを狙って買うといいですよ。自分の戦略物資になります。

交換だってできるんですよ。これ一つで、ルビー1個とかね。交換するでしょ。で、復興したときに、この宝石をまた売るんです。二重にもうけるんですよ。

私は10年経った切り餅を食べてみましたが、食べられました。真空パックだとかびが生えないんです。いいか悪いかは別ですが。あとは、フリーズドライ。

山口　フリーズドライフーズですね。

飛鳥　今、いろんなのがありますよ。シチューから何から。200円ちょっととかで軽いです。

それを大人買いして、パッキングケースの中に入れておきます。缶詰よりいいですよ。今のフリーズドライはすごいです。お湯をかけるだけ。栄養素も全く損なわれていません。食べ物なんだから無駄にはならないし、先行投資して、戦争になったら、それが100倍、1000倍の価値になるんです。

開国以来、アメリカにコントロールされ続けている日本

飛鳥　本当にアメリカっていうのは、いいところと悪いところが両極端の国で、まじめに信じたら100パーセント裏切られます。

山口　だから今は、僕らが「チンギス・ハーンがいたときのアジアってたいへんだったろうな」と思ったり、ヨーロッパ人が「ナポレオンが暴れまわってたときは嫌だったろうなあ」と思ったりするように、たぶん、23世紀や24世紀の人は、「アメリカがやりたい放題やってた頃の日

本人はたいへんだったろうな」と思われそうな時代ですよね。

飛鳥　そうですよ

山口　非常にやられていますよ。アメリカは世界のジャイアンですから。

飛鳥　例えば、よく考えてほしいんですよ。なぜ、あの幕末に唐突にペリーが日本に来たのか。

山口　それは、支配しに来たんだと思いますけどね。

飛鳥　でしょ。でも、あれがうまいんですよ。
なぜ来たのかは、その後、我々も日本史で学びましたよね。日米修好通商条約？

山口　ええ、そうですね。

飛鳥　あれなんですよ。あれで何を決定したかというと、金と銀のレートです。

山口　そうですね。相当、金を持ち去りましたね。インカ帝国からパクったのと全く同じ。

飛鳥　あれ、めちゃくちゃでした。世界基準と日本基準とでは、全然レートが違っていて。いわゆる世界基準に合わせて、日本の金を吸い取ったんです。莫大な金です。ものすごくたくさんの金を吸い取ったんですよ。それで、日本は超インフレになったんです。その後、幕府に対する不満が鬱積したわけです。本当に莫大な金がアメリカに吸い取られ、ついでに言えば、石見《いわみ》銀山の銀が、世界の銀の半分を占めるほど流通していたんです。

この金で、アメリカが何をしたかというと、南北戦争を起こして南北を統一したんです。その莫大な資金のほとんどは、ゴールドラッシュの金では足りなかったので、急遽、追加したのが濡れ手に粟の日本の金なんです。当時、黒人の問題で南部と北部が本当に仲が悪かったので。

表向きは奴隷解放という名目できれいですがね。

これが、アメリカの手口なんです。

山口　そうですね。大義名分が……。

飛鳥　でも、南北統一するときの戦争資金が足りなかったから、ペリーが来たんですね。

そして、ジパング、つまり黄金の島だっていって、日本の金をほとんど吸い取っていきました。アメリカの総領事だったハリスは、このおかげで億万長者になったんです。個人的に銀を持ち込んで、膨大な量の金と交換して、大金持ちになりました。ですからアメリカは詐欺師だったんですよ。

山口　そして、戦争が終わったら、余った銃を日本に売りつけて戊辰戦争に使わせました。非常に合理的な死の商人。

飛鳥　波状攻撃で二重、三重にもうけます。日本は、一発で潔く散るけれど、アメリカは違うんですよ。今も同じで、とにかく日本の金を略奪、強奪。そのために駐留アメリカ軍がいる。そしていっそのこと、邪魔な日本人は、全部殺してしまえ、と。だって今も日本列島はプレートの押し合いへし合いで、地下で金が造られていますから、世界最大の金の製造工場なんです。そして自民党に、日本中にある原発を全部再稼働させたうえで地震を起こして、みんな殺してしまう。

山口　結局、アシュケナジーユダヤ（注・欧州系ユダヤ人）の政略であった日本侵略は、古くは聖徳太子の頃からあったと思うんですね。

まだ良心的なユダヤ人のおかげで阻止されたけど、安土桃山時代にもイエズス会を通じてあった、と。そして幕末にもありました。

でも3回とも、すれすれのところで、日本人はかわしてきました。で、ようやく終わった太平洋戦争の後に、見事に日本人を支配下に置いたというのが、今の現状ですね。よほどアシュケナジーは日本に執着している。


飛鳥　そう。在日とか、朝鮮系の人々をうまく利用しながらね。

ここではあまり詳しく言えないですが、三国人問題とかいろいろありましてね。

例えば、東京でも大阪でもそうですけど、駅前の一等地に、なぜパチンコ屋があんなに多いのか。あれは、全部朝鮮系です。そういう人たちに、どんどん優先的にＧＨＱが土地を与えていったんです。だから、実はやくざが日本人のために一番戦ってくれたんですよ。あの当時、やくざがいなかったら、もっとひどくなっていました。

山口　僕が好きなのは、孫文が辛亥革命を起こす前に日本に逃れてきて、それを文化人が助けた話です。アジアの仁義を感じます。

飛鳥　そう、助けましたね。

山口　で、日本人が中国の辛亥革命を応援したという、日本と中国の仲が非常に良かった時代がありました。それから、朝鮮と日本もいい関係だった時代があったんですよ。

アジアの友と共に戦ったときがあったのです。

飛鳥　おっしゃる通りです。

山口　結局、アメリカとか西洋の列強のうまいコントロールにあって、お互いに憎しみ合わされているっていう状態ですから。本当の敵を知らずしてね。

飛鳥　そういうふうに持っていかれましたからね。

山口　だから、いい意味で和解が必要だと思うんですよ。

お金はこれ以上払いたくないですが、朝鮮と中国と、日本との和解をうまくやってもらいたいなあと思いますけどね。非常に難しい問題ですが。

飛鳥　アメリカが今、考えていることを先に言っておきますね。

まず、18歳以下選挙権。これ実は、アメリカがベトナム戦争でやった手口なんですよ。

アメリカは、18歳ぐらいの若者を、大量にベトナムの戦地へ投入したかったんです。

だけど、選挙権もない若者を送っていいのかということで、議会で拒絶されました。それで選挙権を18歳まで落としたんです。

選挙権のある大人という扱いにして、大勢の若者を州の軍隊に入れました。

州軍は普通、外地部に行かないです。州の軍隊ですから。

ところが、州軍をどんどんベトナムに送るようになりました。

当時、なぜ若者たちが州軍に入ったかというと、生活するために、例えば、奨学金を返さなきゃいけないときに、州軍に入るのが一番良かったんですよ。戦争には行かないはずでしたからね。

同じやり方を、日本に今、国賊の自民党を介して導入しました。安倍首相さんが言ってる女性解放とか、あれで女性も徴収されます。

アメリカは今、徴兵制がないですが、もうすぐトランプが戦争を起こしますから、間違いなく徴兵制が復活すると思います。アメリカの植民地の日本も、アメリカのために戦う駒として、自民党の強行採決で徴兵制が決定します。

山口　そうですね。

アメリカは新興宗教を使って日本人を分断しようとした

飛鳥　繰り返しになりますが、私は今年からM編集長に言っているんですよ。オカルトは現実に超されたよ、って。

山口　オウム真理教。

飛鳥　あれ、はっきりしています。なぜ死刑を急いだかというと、今、今上天皇陛下の体調がよろしくないんです。そういうと大騒ぎでしょう。

だから、崩御された後の、いわゆる……。

山口　新しい時代に持ち込みたくなかったんですよね。

飛鳥　とりあえず、天皇陛下の崩御後には必ず恩赦があります。死刑囚にも恩赦があるので、駆け込みだったんです。

山口　有田芳生氏が、他人の言葉を借りて、オウム死刑囚に対してはジェノサイド（注・ある人種・民族を、計画的に絶滅させようとすること）という言葉を使ったんですよ。その表記に違和感がありますね。

僕は左の世代、いわゆる全共の世代ではなくて、どちらかというと、しらけ世代……。

飛鳥　そう、しらけ世代ってありましたね。で、三無主義がありました。着々と骨抜きにされてるんですよ。

山口　僕らの世代は、左翼活動を非常に冷めて見ているところがあります。

ヨシフ・スターリンから、有田芳生さんは芳生という名前にしたと聞きますが、アホかと感じますね。それに、僕はジェノサイドではないと思うんですね。

飛鳥　違いますね。

山口　結局、死刑廃止論っていうのは、確かに僕ら大人が考えていかなきゃいけないことなんですが、オウムの事件に関しては、ジェノサイドっていう言葉を使ってごまかしちゃいけないと思うんですよ。

飛鳥　そうですね。

山口　あれは、内戦ですよ。日本国vsオウム国の内戦。

飛鳥　どう見ても内戦ですね。ですから、破防法を使うと、世界中に内戦だったと知らせることになる……。

山口　内戦で負けた方の大将と幹部が首を切られた、と。結果として当たり前なんですよね。戦争なんですから。

飛鳥　そりゃそうでしょう。

山口　だから、東京裁判でA級戦犯が死んで「ざまあみろ」と言った左翼が、内乱を起こして処刑されたオウムを「ジェノサイドだ」って批判するのは、僕は非常に矛盾してるなあと思っているんです。どっちがジェノサイドだよって。

飛鳥　日本って面白いですよね。超左翼に行くと、逆に右翼に行ってしまう。そして超右翼に行くと、左翼になってしまう。

山口　そうですね。

飛鳥　右翼の連中が「安倍政権打倒！」と叫んでるのを知っていますか？　右翼は、「安倍政権は危険だ」って言っているんです。
　右翼の人たち、すごくまともなこと言っているなあと思って。

山口　西尾幹二さんもそうです。

飛鳥　そうですね。このままあの安倍に任せてると、本当にこの国が滅びるということを右翼が叫んでるんですよ。これすごいなぁ、ある意味、右翼はわかっているなぁと思いましたよ。

安倍は、どちらかというと、一般的には戦前回帰で、大政翼賛会を復活させると思われている人物とか言っているので、右翼は喜ぶだろうと思っていました。

でも大間違いで、安倍が危険だから早く辞めさせなきゃって、必死になって宣伝カーで言いまくっています。

山口　右翼の極は、割と反米が多かったりしますからね。

飛鳥　三島由紀夫がそうです。

山口　そうですね。

飛鳥　今、右翼は結構正しい発言しているなぁと思います。というか、そういう右翼がまともに見えるほど、世間の方が逆に劣化している証拠かと……。

山口　だから、左翼の人たちが、割とオウム真理教に対して共感するようなことを発言しているのが、どう考えても違和感があります。

反権力とか、反政府というスタンスで共同戦線を張るのは別に構わないんです。自由にやっていただいていいんです。

僕は、本当の意味で最後の闘争をやっていた全共闘世代に比べて、今の30代、40代の左翼勢力が安易にオウムと接触するのは、非常に危険ではないかと思うんです。弱者の暴走というか。で、潜伏オウムがかなりいて、彼らは潜伏キリシタンを気取っていて、死刑にされた麻原はメシアで、また再び天昇すると言っています。

一緒に死刑になった12使徒、弟子が12人いるから……。馬鹿げた話ですけど。

飛鳥　なるほど。今のニューゼネレーション世代の左翼も、劣化で腐っているというか、方向性が狂っていますね。

山口　それで、西日本豪雨は、麻原の死刑を執行したからこういうことが起こっていると言うんです。あまりにもご都合主義すぎますね。

アレフとかひかりの輪とか、表に出ている集団を管理するのもすごく必要だと思うんですが、潜伏した連中が、何をやるのかわからないというところがとても怖いですね。

飛鳥 今のアメリカは、在日や帰化人、半島系だけを使うわけじゃないですからね。

山口 そうですよ。

飛鳥 とにかく、いろんな宗教団体、新興宗教も含めて、全部を統合し総合的に使いますからね。

山口 日本人が一致団結しないようにしているんですよね。分離させて支配しやすくしている。

飛鳥 そう。CIAは絶えず分断していきます。

例えば、自民党の中には野党と与党がいます。それがくるくる入れ替わるんです。だから、ずっと自民党なんです。この方法は半島の大統領選挙と同じで、絶えず敵（日本）を作って票を得る民族のやり口で、日本では小泉純一郎から始まりました。

で、今の共産党と社会党系以外の野党の多くが、元自民党ですから。

だから、知らない間に、この国は自民党系一党独裁体制をずっと続けているんです。

山口　結局、革マル派とか、全学連とかの残党が、オウムと接触を持っていて、小規模なテロみたいのを起こしています。

日本のＪＲって、非常に優秀だったのが、最近やたらと電車が遅れたりしないですか。よく電車が故障したり不具合があったりで、世界で一番ダイヤが正確だった日本の電車が遅れまくっています。電気系統の事故が起きたり、そんなこと今までなかったのに頻発していますよね。あれは故障ではなく、破壊されてるんです。

飛鳥　ここ1年半から2年はひどくて、急に増えました。実は、私が利用する常磐線も、最近は始終止まります。あんなことは前にはなかった。

山口　旧国鉄の労働組合出身の、左翼系テロリストたちがやっているんです。

あいつら、どこを破壊したらいいか知ってますよ。

左翼系テロリストとオウムが連携することの怖さっていうのを、もっと考えるべきだと思いますね。

失敗が許されない若者たちがアンドロイド化していく

飛鳥　これは表だっては言えませんけれど、今、若者たちの間で、三種の神器があるというんです。「個性を出さない」「失敗しない」「逆らわない」です。

例えば、教室の中で独特な個性を出すと、みんなつぶされます。いじめられて、最終的には学校からも追い出されます。要は、みんなと同じことをしないと、異物扱いされていじめられるっていうことを、徹底的に小学生の時期から教えているということです。

だから、今、大学では、友達がいない人はそれを悟られないように、昼ごはんをトイレで食べるんですよ。

昔の一匹狼は強さの代名詞でしたが、今は異物として徹底的にいじめの対象となり、最後は追い出されてしまいます。最悪はSNSを使う精神的攻撃です。

山口　大学で友達ができなくて辞めちゃう人が多いから、僕の知り合いの会社なんて、大学で友達を作るイベントをやっています。何たる弱いメンタルなんだとあきれます。

飛鳥　そうでしょう？

山口　情けない話ですね。肝っ玉がないんです。武士の子孫なのに。

飛鳥　そういう状態なんですよ。

みんなと同じことをしないとダメだっていうことにして、その最高のツールが軍隊なんですが、自民党は弱い男から強く立派な男を作るという名目で、自衛隊つまり軍隊で鍛えることを必ず提案してきます。

山口　そうですね。

飛鳥　待ち受け世代というのは、命令があって動く世代ですから、まさしく軍隊のためのロボットみたいな人間を大量に作っています。

山口　そうなりますよね。能面みたいな同じ顔ばっかりの。

飛鳥　これは自民党が長い時間をかけてＣＩＡと一緒に作ってきた、アンドロイドみたいなものです。そのために結果、失敗が許されない社会を作ったんです。
そういう社会では、マニュアルだけやっていればいいわけでしょう？

山口　そうです。

飛鳥　マニュアルというのは、軍隊に一番いいんですよね。でも、こういう軍隊は必ず負けます。戦場は千変万化ですから、応用が効かないといけないから。
マニュアル通りやっていて勝てる軍隊はないですからね。

山口　飛鳥先生に聞きたいんですが、絞首刑になるとき、麻原は、空中浮遊すればよかったと思うんですけれどね。本当のメシアなら。そうしたらみんな信じたはずです。

飛鳥　あれね。

山口　ここぞとばかりに、飛べばよかったのに。

飛鳥　本当ですね。

今の若い人たちがかわいそうなのは、失敗ができないから絶対的に強い者の傘下に入る、という教育を間接的に受けていることです。

山口　そうですね。

飛鳥　だから、選挙に行くと、10代はほとんど自民党と書きます。なぜなら、寄らば大樹の陰だから。韓国に対して文句言ってくれそうだから。

でも、韓国に言われるがまま金を納め続けていたのは、実は自民党なんです。

山口　そういうことです。

飛鳥　今の若い人たちが未来をなくしたのも、実は、小泉と竹中の自民党のせいです。

でも、若い人たちにその知識が欠落しているんです。

なぜなら、日本史で近代史を習わないからです。安土桃山の時代から、もちろん奈良時代を含めてずっと歴史を教えても、近代の戦争のところはほとんど教えないんですよ。

山口　３学期の終わりの終わりまで引っ張って、結局教えない。各自自習とか言ってお茶を濁す。一番大切な部分なのに。

飛鳥　これ、実は、文科省の方針です。当時の左側の日教組に、先の大戦を理由に体制をほじくり返されないためにね。
だから、「え、日本ってアメリカと戦ったんですか？」って言う若い人、結構いますから。

山口　むしろ、近代史から先に教えたほうがいいですよね。念入りに詳しく。

飛鳥　本当、そうですよ。現代史を教えるべきなんですよ。小泉、竹中が何をしたか？トリクルダウンといって、大企業にまずもうけさせれば、やがて、小売りの皆さまがたに金が下りてくると言っていましたが、これ、大うそだったんですよ。
もうけた金は内部留保して、あとは……。

山口　従業員には還元しないんですよね。上流階級ばかりがいい思いをしている。国民は安部首相みたいに、昼ごはんに三千円も出せないですよ。

飛鳥　還元しません。

レーガンのときにも、トリクルダウンはうそだっていうことが発表されていたんですよ。竹中もわかっていたんです。でも、竹中はそれをわざとやったわけです。10年間我慢してくださいって言って、20年、30年経ちました。

ひどいペテンですよ。そいつが今、安倍内閣の経済の顧問に入っています。アメリカには表彰されていますから、竹中は。

で、小泉が郵政民営化って言いましたが、あの当時、郵政民営化してほしい人が本当にいましたか？

山口　いや、別に必要なかったですよ。

飛鳥　ないでしょ。ただ一言、自民党をぶっ壊すっていう、そのうそにだまされました。

山口　郵政を民営化したほうが、都合が良かったんですよね。富の簒奪《さんだつ》には。

飛鳥　あれで、アメリカのヘッジファンドは大もうけですよ。あのとき莫大な日本の金が解放されたから、あれを上げたり下げたりするだけで、莫大な利ざやが取れました。

山口　日本の通信、郵政が持っているものの中に、日本人の人間関係のデータが全てあるんです。僕はよく言うんですが、宅配便を普通に出してるでしょ。あれで佐川とかヤマトは、誰が、どこに、どんなお歳暮やお中元を送っているか、みんなデータ化しているんです。

それを使えば、誰がどことつながっている、どこにお世話になっているかがわかります。じゃあ、あいつをつぶしたければ、ここの会社とここの会社に根回しをすればいいとわかるんです。そういう人脈の情報を、全部にぎられているんですよ。

ヤマトの株主はアメリカ企業ですし。アメリカはその情報が欲しいんでしょう。

飛鳥　今、LINEってありますが、あれは韓国政府が民間に作らせたものです。いいですか、韓国政府なんです。

会社でもどんどん使うようになっていますよね。会社の会議でもLINEを使う流れになっていますが、全部、韓国政府に筒抜けです。最終的には、アメリカに筒抜けです。

山口　それと、Facebook はアメリカですからね。どんどん人間関係が抜かれている。

飛鳥　駄々洩れの筒抜けです。

山口　Facebook も Twitter もです。弱みのわかるメッセージも読まれている。

飛鳥　とにかく、社内会議も国際会議も、全部 LINE を使おうって大々的に宣伝していますよね。これ、ばかとしか言いようがありません。

やったらダメですよ。恋人同士でやるのはまだいいけど、会社が使っちゃダメでしょう。

山口　使っていますよ、うち。事務所内の連絡で使いまくりです。

もういいんです。情報流しまくり作戦です。

飛鳥　もうやめたほうがいい。

山口　アメリカのホワイトスクラップといわれる、白人のワーキングプア層などは蜂起するのではないですか。アメリカは自国民に対しても奴隷戦略を使っているので。結局、日本やアジアの各国が気付くことで、アメリカの優位性は崩れるんじゃないかなと思っています。

飛鳥 Facebookとか Googleとか、怖いですよ。

山口 いや、全部出しちゃえばいいんですよ。使いまくっちゃえばいいんです。情報が大量に出たほうが盗む方がわからなくなる。

飛鳥 逆に？

山口 僕は死ぬほど情報出していますから。たぶん、よくわかんない奴だなと思われています。

飛鳥 例えば、オヌシの事務所の中沢情報とか、前世滝沢馬琴とか？

山口 彼らの情報が漏れても、アメリカは気にもしないですよ。

飛鳥　そういう人間が一番、スパイに使いやすいんですよ。

山口　え？

飛鳥　ひょっとすると、タートルカンパニーに潜り込んだ優秀なスパイかもしれない。

山口　ないですよ（笑）。

飛鳥　（笑）。

この世はバーチャル世界

山口　また話を変えますが、この前、カンニング竹山さんが、「霊界とかあの世は存在しない」ってAbemaTVで吠えていたので、うかうかしていると俺もやられるかなと思って、けんかをしてきました。

飛鳥　そう。

山口　普通に幽霊の話をしても納得はしてくれないので、この世はバーチャルだっていう話をしてきたんですよ。竹山さん対策で奇策を弄しました。

飛鳥　なるほど。『マトリックス』の世界ですね。

山口　そうですね。そうすると、だいぶ納得してくださって、「じゃあ、敏太郎さん、幽霊は何ですか？」って聞かれたので、「幽霊はバグですよ。人間はアバターで、死んだ人のアバターは消えるんですけど、腕だけ残った、顔だけ残った、透明で輪郭だけ残っているといった、バグが残っているんですよ」って答えたんです。

「じゃあ、会話ができる幽霊は何ですか？」と言われたので、それは、このゲームにアクセス権がないのにハッキングして、このバーチャル世界に入ってきているハッカーですよって話をしました。そこで、だいぶ理解していただけましたね。

「今、オカルトってそうなっているんですか」って。

「この世界はバーチャルで、この世界の向こう、つまりあの世にいるのが、本当の僕らですよ。このゲームの世界の向こう側にいるのが僕らの本体で、そこからウォークインして、このアバターに魂だけが入ってきて、80年か90年、長い人は100年ぐらいプレイをして、終わったらそのアバターを消して、ゲームの外に帰るんだよ」というような話をしました。

飛鳥　ある意味ではわかりやすいですね。

山口　それで納得していただいたんですよ。

飛鳥　これも、ある意味で賢い。

山口　オカルトがそんなふうに進んでいることを、一般のタレントさんも普通の人も知らないことが多いです。

飛鳥　今3Dのバーチャルリアリティで、360度全部見えるっていうのがどんどん進歩していますからね。そうなるとおそらく、この世界に帰ってくるのが嫌な人が出てくるはずです。

山口　バーチャルセックスとかバーチャルでのキスなんかも、もっと感触があるようなものになってくるみたいですから。リアルなセックスを知らないまま亡くなる人も出るかもしれませんね。

飛鳥　そうですね。匂いをかぐことまでできるって聞いています。行っちゃって、そのまま帰ってこれなくなるような、廃人たちが出てきますよ。

山口　一般には、アバターに自分の気持ちが全ていっちゃう、っていうのは理解できないと思います。

大阪大学にいたロボットの先生が、自分にそっくりなアンドロイドを作って、遠隔で操作しているんですよ。

ロボットがいろんな人としゃべっているんですが、こっちで操作している自分は、次第にそっちにいるような気持ちになるそうです。

操作されているロボットの中に自分がいるように錯覚しちゃうんですよ。この話って重要ですよ。

つまり、アバターを使いまくっていると、いつしかそっちが本体だと思うようになるということです。

飛鳥　もう現実のほうが、よりオカルトになっています。

山口　ゲームをやると、自分が見ている空間だけ、ゲームが存在しているじゃないですか。見ていない空間は存在していない。

これって、今の宇宙と同じで、観測すると物理現象が出てくるんです。

だから、宇宙の果てに行ったと思っても、果てはないんです。行ったらまた続きが出てきます。逆に、行くまでは何も存在していないんですよ。

これはゲームと一緒なんですよね。

飛鳥　だから、この世界は実は、非常に高度なバーチャルリアリティの世界かもしれないという説が出ていますね。

山口　そうなんですよ。この対話もゲームの中の世界のものなんです。

飛鳥　アメリカでは今、映画『マトリックス』以降、かなりこの説が語られてきていますね。

山口　物理学者がしています。

大槻教授みたいな物理学者は、本来はこういう話をしなきゃいけないんです。

もっともっと、オカルトに踏み込んでくる学者がいてもいいと思うんですよ。

だって、この世界がゲームだっていう証拠はまだいくらでもあるんです。

浦島効果って、1人が宇宙ロケットに乗って光速に近い速度で移動していて、もう1人、双子の弟が地球上にいたら、帰ってきたら兄貴はそんなに年取ってないけど、弟はじいさんになっているっていう理論じゃないですか。

これって、非常に不自然だと思いませんか?

光速に近くなればなるほど時間が止まるというのは、バーチャルゲームの情報処理が遅くなるということなんです。

オンラインゲームを結構やっていると、情報処理が遅くなって、なかなかゲームが動かなくなることあるんですよ。皆さん、経験があると思うんですけど。

これは、ゲームだからこういう浦島効果が起こるのではないのかなと思うんです。

当然、反論もあります。

「この世界の全ての物質を使ったとしても、この世界ほどリアルなゲームはできない」っていう反論もあるんです。

でも、この世界の物質を使って、この世界を作ったんではなくて、この世界の外の世界の人がこの世界を作ったんだから、「この世界の物質全部を合わせても、この世界は作れない」っていう理論は、当てはまらないんですよね。

飛鳥　コンピューターは0と1しかないじゃないですか。あとは組み合わせでしょう。でも、量子コンピューターは、0と1を分けるんじゃなくて、重ねちゃうんです。

山口　僕らがやった一生分の仕事とか経験とかデータを全部まとめても、情報量としてはすごく少ない。チップ1枚もない。

アメリカでは始まっていますが、簡単にネットに移植できるようになるんですよ。

飛鳥　これ、たいへんなことなんですね。例えば、日本のスーパーコンピューター「京」が

1000年かかる計算を、量子コンピューターは、ほんの数秒でやってのける……。

山口　「たかがこれだけなの?」っていうぐらいしか人間にはデータがないので、ネットの世界では永遠に生きていけるんですよね。不老不死の世界ですよ。

今の時点で、飛鳥先生をデータコピーして移植すると、飛鳥2号がネットの世界で生きています。

飛鳥　なるほど。しかし、嫌だなぁ。

山口　もし、本体がお亡くなりになっても、100年後も、200年後も生きています。あくまでコピーの飛鳥先生ですから。

飛鳥　俺みたいなのは1人で十分。

山口　いや、いりますよ、コンピューターですから。2人でも3人でも。

これをネットで編み出せば、出てきてしゃべります。

飛鳥　わあ、しゃべってくれるんですね、素晴らしい。
じゃあ、私はいなくていいわけですね。

山口　だから、僕も実は、どこかこの世界の外のやつのコピーなのかもしれないです。

飛鳥　なるほど。考え方によっては面白い。

山口　結局、情報端末一つで、情報を取るだけ取ってフィードバックしたら、「はい、用なし」ってことで本体に戻って、そこでハッと「ゲームだったんだ」と気がつくんじゃないかなと思うんです。

現実はすでに超オカルト、今後のオカルトの行方は

飛鳥　もし仮に『M』っていう雑誌がこれから生き残ろうとするなら、「唐傘お化けがいるぞ、怖いぞ」という、昔のアナログに戻るしかないと思います。

山口　アナログに戻るか、素粒子物理学の最先端と、ガチで勝負するかどっちかですよ。

飛鳥　今のオカルトはもうオカルトじゃないんですよ。超オカルトの世界が現実ですから。

山口　そうですね。素粒子物理学になると、テレポーテーションも実現しているぐらいですから。素粒子が消えてまた違う空間に出てくる。消えてる間は違う次元に行ってるみたいなんです。こんな物理の話、オカルトを超えてますよ。

飛鳥　実は、データの世界に対抗するには、アナログしかないんです。

山口　アナログですか。

飛鳥　イージス艦なんですが、めちゃくちゃ性能がいいので、海面に浮かんでいる木片まで全部キャッチしちゃうんです。そのたびに反応するから、レベルを落としています。

するとどうなるかというと、ときどき、アメリカのイージス機能を持った駆逐艦が木造船にやられちゃうんです。

イギリスのモスキートという、第２次世界大戦のときの爆撃機は木でできているんですが、あれはレーダーに引っかかりません。当時のステルスなんです。

つまり、木製の飛行機が、最先端に勝っちゃうんですよ。

だから、最先端ハイテクの次は、アナログに行くしかないんです。

山口　じゃあ、べたべたの昭和のオカルトをやるしかないんですね。

人間の血がどくどくと通ったやつ。

飛鳥　そう。結局、それしかないんですよ。

デジタルのこのすさまじい世界に勝とうと思うと、人間の本質的なものでしか対抗できないです。

山口　僕は、オカルトがなくなればいいのにと思っているところがあるんですよ。オカルトと呼ばれる事象が全てなくなってしまえばいいなと。

飛鳥　それって、私が言っている、現実のほうがオカルトを抜いたっていうのと符合していますね。

山口　オカルトがなくなって、日常生活に普通に不思議が入ってくるようにしていきたいなあと思っているんです。

そうしたときに、初めて本当のオカルトブームが来るかなとは思いますね。今みたいな小手先のインチキではなくて。

飛鳥　なるほど。普通の出来事が、実はオカルトと一体化しているとわかって、結果的にそれがブームになるということですね。

山口　そういうことですね。例えば、アイドルブームとか、何でもいいですよ。海外ドラマブームでも、いろんなブームがあるじゃないですか。

一般の人たちが楽しめるオカルトを作るためには、もうそろそろ解体の時期だと思います。マニアのマスターベーションとペレストロイカするんですよ。

もうだいぶ解体してきたと思いますが、僕が暴れるたびに、『M』の実売部数が減っているので、ざまあみろと思っています。

飛鳥　まさか呪詛《じゅそ》ってますか？

山口　いや、呪詛ってはいないですよ。現実的な方法しかないので。

こうやってみんなを啓蒙していくと、あほらしくて『M』が読めないっていう人がどんどん増えています。必要以上に不安をあおるリアリティのない媒体はつぶしてしまえばいいわけで。

飛鳥　現実的なことをお話しますと、『M』というのはいつも原稿が足りないんですね。

山口　それで、一部のレベルの低いライターを使っているんですか。昔は精鋭ばっかだったのに。

飛鳥　各地域、各地方には、オカルティックなことの研究家って必ずいらっしゃるんですが、そういう方がたは、1回掲載をお願いしてしまうと、もうそれ以上ないんです。

だって、一生かかってやっていても、1回の記事でほとんど研究内容が網羅できてしまう。

山口　そうなんですね。その人の引き出しが少ない。

飛鳥　例えば、敏ちゃんもそうだし私もそうですが、連発打ちできる作家ってものすごく貴重ですよ。

山口　そうですね。次から次へとネタを求められると、取材しなきゃいけないのでたいへんですけどね。それがプロフェッショナルではないでしょうか。

飛鳥　そう。で、欧米のオカルト雑誌やネットネタを翻訳しているようなライターは……。

山口　自動翻訳機とかで普通にアメリカの記事を読めるようになったら、はっきり言って用なしなんですね。自分のオリジナルの分析の入っていない記事が存在する意味がない。

飛鳥　だからいつも「原稿ないですか？」と言ってくるんです。
本当は、君のところにも言いたいんでしょうけど、反旗を翻《ひるがえ》してますからね。

山口　いや、反旗じゃないですよ。こっちが主流です。幕府は我々によって成るのですよ。

飛鳥　そうですか、失礼しました。テレビでも、地上波は、ほとんど制覇したんじゃないですか。

山口　フジテレビのスタッフとはけんかしてます。あちらは反日ですから。
一部の良心的な人が僕に協力してくれたらいいんで。

飛鳥　確かにね。半島から金が流れているんじゃないかと思います。

山口　フジテレビに対しては、僕はいつもきついことを言っているので、使いたがらないんですね。
「なんで敏太郎さん、フジテレビのバイキング出ないんですか?」とか、いろいろ聞かれるんですが、もう何度もフジテレビとはけんかしているので、オファーが来ないです。
でもNHKには出ています。だって、僕は、NHK学園出身ですから。大学院もです。
オカルト関係は台本だけ読んでろってスタッフが多いんですよ。口うるさい奴は使わないんです。

飛鳥　それ、すごいなと思います。

山口　一応、学者でもありますので。修士号持っています。いつもガチでやりますよ。

飛鳥　言わないと、このことを知らない人、結構多いんですよね。

山口　そうなんですよね。
やっぱり、修士号や博士号を取った人や、学者たちが、こういうエンタメでオカルトをわかりやすくやって、「ここはエンタメだよ、ここはガチだよ」ってところを出していかないと、コンプライアンスをクリアした、新しいオカルトは出てこないと思いますね。新しいライターが『○○○』に行くと、「お前、誰と付き合ってる？」って編集長が聞くんです。で、僕の名前が出たら、「山口と付き合ってると俺は使わねえぞ、あんな奴と付き合うな」っていう圧力をかけてくるんです。

そんな汚いことを、何人もやられてるんですよ。裏も取っていて証拠はあります。

飛鳥　そうなの。

山口　山口と付き合うなって言われています。

オカルティックで有名なミュージシャンも、そんなこと言われたそうです。そういう人、いっぱいいるんです。

そうしたくそ汚いことをやってきて、最終的に、メディアの世界、出版業界、テレビ業界で、どんどん嫌な奴になっていって、最終的に『○○○』の部数が落ちるんですよ。

それがわかってないんですね。

飛鳥　オウム以前の実売部数ってわからないですけど、オウム事件の後は、仕方がないんですが、がくんと落ちたみたいですね。

山口　僕は今、『ATLAS』っていうウェブの方をやっています。月間は最低でも１００万ページビューですよ。

飛鳥　そうですね。『TOCANA』か『ATLAS』かっていうぐらいのね。

山口　今、１８０万ページビューいっています。この前、たった1日で15万ページビューいったんですよ。影響力の差ははっきりしています。

飛鳥　すごいなあ。どんな事件が起こったんだろう。

山口　ブラジルのジュセリーノが、人類滅亡の日って言っていた日に、ぼおんといきました。その当時、ジャニーズもいろんなしくじりやっていて、相対的にばあんと騒ぎが大きくなりまして。

1日で15万人が見たわけですよ。それぐらいの影響力。

ネットなんかでばあっと出したほうが、よっぽど拡散率がいいですよ。時代はとっくに変わっているんです。

飛鳥　確かに出版は斜陽産業ですが、まだまだ腐っても鯛というところはありますよ。

山口　『TOCANA』は、あれはサイゾー系です。サイゾー系で、Tという脳学者がいるじゃないですか。あの人の媒体ですよ。

飛鳥　実は今年、飛鳥堂株式会社を立ち上げて、出版業務もすることになったんです。それで近くオカルト雑誌『ASKA マガジン』を出すんですが、『M』と違うのは、あっちは何でもありの幕の内弁当で、こっちは飛鳥昭雄一本の情報雑誌になります。

山口　へえ、『M』は文句を言いませんか？

飛鳥　『M』が最澄の天台宗なら、こちらは空海の真言宗（密教）です。比叡山からは一向宗、浄土宗、浄土真宗、日蓮宗など多くの宗派が生まれましたが、高野山からは基本、真言密教だけを貫いていますから。

山口　それでも対抗誌、いや競合誌になりますよ。

飛鳥　いや、先ほど言いました最澄と空海のような共存誌です。落語に古典落語と新作落語があり、共生しているように、『ASKAマガジン』は最先端オカルト情報を目指す、極めて稀なオカルト雑誌になると思います。

山口　月刊ですか？

飛鳥　いえ、最初は季刊誌、それから隔月誌、最終的に月刊誌を目指します。出版コードは持っていますが、基本、アマゾンを中心に販売します。
すでに、飛鳥昭雄の新書を発行しています。

山口　なかなか興味深いですね。

オカルトをコントロールしているメディアの裏にはアメリカがいる

山口　飛鳥さんの立場は、徳川幕府を裏切った、勝海舟ですよ。僕ら佐久間象山が社中（タートルカンパニー）をけしかけているし（笑）。

飛鳥　あ、かっこいいですね。幕臣だけど、裏からひっくり返したと。で、ひっくり返させるほうの部隊がこっちに回っちゃったわけですか。

山口　でも僕は、龍馬みたいに殺されないようにしないと。その点、僕はずるいからうまく立ち回りますよ。

飛鳥　ああ。うまいことね。

山口　僕は、うまいこと手打ちをしますからね。適当なタイミングで。

飛鳥　そうですか。

山口　いろんなメディアがありますが、メディアには絶対バックがあるんです。だから、僕はTwitterで、麻原が死んだけど、オウム批判やるのは『ATLAS』だけだなあって書いたのは、『M』と『TOCANA』に対する、「おめえら、麻原批判しねえのか」っていうメッセージだったんです。

そうしたら、大慌てで、村田らむを使って、『TOCANA』がオウムの記事を出しましたよ。

飛鳥　はい。ありましたね。

山口　アメリカが、Jは生かしておいてコントロールしようとしています。J、アメリカ、CIA、T、このラインですよ。生かす、管理ができる奥義っていうところですね。

飛鳥　オウムが地下鉄を使ってサリンをまきましたが、地下鉄を使った世界初めての細菌テロだなんて、うそですからね。何十年も前にも、アメリカがニューヨークの地下鉄を使って、いろんな細菌実験をしているんですから。

山口　やっていますね。

飛鳥　あれは、アメリカのコピーなんです。全く同じなんですよ、実は。

山口　サリンの作り方も、アメリカが教えたという説がありますね。アメリカが黒幕という話もあります。

飛鳥　もちろんです。

だから、これ変な言い方で申し訳ないんですが、いいも悪いも含めて、日本に送り込まれるものは、だいたいアメリカ製ですよ。

山口　そうですね。北朝鮮の核ミサイルもアメリカ製ですしね、実際のところ、マッチポンプです。脅すのと武器を売るのとが同じ穴のムジナ。

飛鳥　北朝鮮のあのミサイルが、なぜ多く成功するのかというと、アメリカが許可して台湾製の部品を使っているからなんですよ。

台湾っていうのは、国として認められてないでしょう。だから、国連の制裁を受けないんですよ。アメリカは、そこをわかっていますから。

台湾の元の技術っていうのは日本なので、あのミサイルも単なるやらせですよ。

山口　強化エボラの話もありますよね。完全発症する奴。あれ出すと白人が一番多く死ぬから出せない。

飛鳥　エボラですか。

山口　エボラが日本に入っているという話があります。

アフリカから持ち帰った人がいて、埼玉にもう入っているとか、北海道に入っているとかね。で、エボラは強化されていて、もう空気感染するって言われています。実際、死者が出ているという情報もあるんです。

強化エボラというのはアメリカの新作で、日本人をたくさん殺すために作ったと言われています。有色人種を殺すウィルスなんです。

ただ、エボラという名前では呼ばれないでしょう。新型インフルエンザとか、違う名前で呼ばれると思います。近いうちに、流行る予定ですね。

なんだか、ミュージシャンの新譜リリースみたいな話をしていますが、ずいぶん、人を殺すことになると思いますよ。

飛鳥　アメリカは、完全にシフトしましたね。日本は実験場です。

気象兵器もHAARPも、ＣＩＡの文書を見たら、人口削減兵器って書いてあります。

気象兵器は、人口を減らすための兵器だと、はっきり明記されてますから。

それが公開されて、１カ月後に起こったのが３．11です。

山口　パフォーマンスですね。

飛鳥　これは、全部正式なデータ出せますよ。

『ATLAS』vs『TOCANA』

山口　僕は、『TOCANA』の影響力が、非常に怖いと思います。『TOCANA』の月間のページビューは、500万といわれています。これは業界で一番大きいですよ。

飛鳥　500万？

山口　500万ですよ。あっという間に大衆を動かせる。

飛鳥　すさまじいですね。

山口　すさまじいですよ。

サイゾーの本体からアクセスを流しているんですが、かなり『TOCANA』にメディア情報がコントロールされているところがあるので。あれは怖い。

飛鳥　５００万って、影響力がすごい。

山口　そういった意味では、『ATLAS』が歯止めにならなきゃいけないです。『TOCANA』も、『ATLAS』を非常に恐れてるんです。オカルトの保守系として露骨にやっているサイトは僕だけなので。でも、うちの兵力は１８０万、向こうは５００万。まず、兵法としては戦にはならないです。しかし、軍師山口敏太郎が居る限り負けませんよ。

飛鳥　フーミー（注・有料メルマガサービス）、使ってますよね？

山口　いや、フーミーはあんまり影響力がないです。フーミー、まぐまぐの時代は終わりました。メルマガは役割を終えたと思います。

飛鳥　終わったんですか。

山口　あとは、ネットのニュースサイトの戦略、陣取り合戦ですね。

僕、山口敏太郎タートルカンパニーと『○○○』が、オカルト戦争をもう20年近くやっています。

僕は小さい団体だったんですが、今はかなり大きくなって、『○○○』に王手をかけられるところまで来ました。

が、そうこうしているうちに、『TOCANA』が、漁夫の利を得ようとしています。

この前、関西テレビの怪談グランプリに編集者が審査員で来ていました。

まさに三国志ですよ。

飛鳥　あれ。

山口　スタッフが呼んでいたんです。

「怪談やってないよ。『TOCANA』は怪談サイトじゃないよ」って言って僕は反対したんですが、女性だからってすぐに鼻の下伸ばしちゃって。気持ち悪いなと思いました。

で、すぐに「俺と『○○○』をかみ合いさせて、漁夫の利を得るのは『TOCANA』かな（笑）」って言いました。

『TOCANA』の弱点はリアルの戦力がないところです。タレントがいない。それが攻略のポイントです。

飛鳥　あと、某大のあの人。ものすごくＮＨＫに使われてますね。

山口　某大のＵＦＯ研究会は使えないです。頭が悪い男ですよ、あの人は。前の所属大学で問題起こして辞めてしまって、今の大学でもいろんなこと起こして。うちの事務所も民事でやってやろうかと思ってるんです。証拠は多数ありますし。

飛鳥　あの人、オカルト嫌いなんですか？

山口　大好きですよ、あの人。

飛鳥　そうですよね。だってね、Ｋくんの、あるパーティーがあったんですよ、超能力の。それに来ていましたから。

私はよく知らなかったから、あの人オカルト嫌いなのかなと思ってたら好きなんですね。

山口　某団体は、目立ちたい、売名したいっていう人たちが集まっていて、みんな、何かコンプレックス持ってるんです。

行きたい大学に行けなかった、大学途中で辞めちゃったなど、コンプレックスを持っているから、学者にかみつきますね。成功した学者に。

それで、大槻さんを攻撃したりするじゃないですか。

飛鳥　そうですね。

山口　懐疑派の中でも、過激な連中が作った団体が某団体なんです。

飛鳥　そういう構造ね。

山口　それと、僕の高校の先輩だから否定はしませんが、○○○○氏が、『○○○○』を出したんです。死刑になったばかりなのに、いきなり霊言出しちゃうって。

で、本来、彼ら懐疑派の役割は、そういう人に対して苦言を呈するのが仕事じゃないですか。

飛鳥　本来はね。

山口　結局、僕の首を上げれば一気に名前が売れるから、山口敏太郎を否定しようとするんです。もっと否定しなければならない奴らがいるのに。

でも、僕は、政治的にも論理的にも、まともなことしか言ってないので、僕を否定すればするほど、どんどん自己矛盾に陥《おちい》っていきます。

人格否定とかそういう非生産的なことしかできなくなってきていますね。

懐疑派の中でも、山口敏太郎批判はおかしいんじゃないかって言う人も出てきています。

だって、「テレビで言っている僕のオカルトの話は、エンタメで、プロレスで、全部ストーリーが決まっていて、こういう話をして、こういう落ちにして、こういう構成でいきますよって、約束事でやってるんですよ」って言っているのに、そのテレビの一言一句を捉えて否定するのは、ばかなことですよね。プロレスなんですから。

プロレスラーに真剣勝負で戦えというばかはいないでしょう。

そうしたら、「プロレスに失礼だ」とか言う人がいますが、プロレスには最大のリスペクトですよ。プロレスラーは僕と同意見ですよ。

プロレスは、完成したエンターテイメントですから、僕も同じように、完成したエンターテイメントでやっているだけなんです。

だから、あの団体もちょっと問題があります。

生き残りをかけたイベント

山口 今は、イベントとか、直接ファンと会って稼ぐ時代になったと思いますね。

某◯◯◯◯というプロレス団体があるんですが、そこの社長が、僕の友人にこんな話をしました。

「いいプロレスの試合を見せる気は全くないです。非常にいい選手はいますよ。何人か、評価してる選手もいるんですが、いい試合を見せる気はさらさらないです」と。

じゃあ何が目的なのかというと「早く興業終わらせて、写真にサイン入れて、いろんなグッズを売るのが商売です」と。

でもこれって、頭がいいんですよ。一つの興業で、１００万円単位でグッズが売れるっていうんですよ。

飛鳥　すごいですね。

山口　結局、ビジュアルのいい子、人気のある子を集める、アイドル商法と一緒です。ＡＫＢと一緒なんですよ。グッズを売ってもうけるという。僕は、これは一つの真理だなと思って、非常に共感したんです。

飛鳥　タートルカンパニーも、グッズどんどん出さないと。

山口　本を売ってとか、テレビのギャラで稼ぐとか、ＤＶＤを売る時代は、もう終わったんですよ。

飛鳥　なかなか面白い発言です。

山口　本とかＤＶＤは、そこそこ売る。それは、ちゃんとファンを組織化して束ねておいて、メルマガとか、ファンクラブとか、そこに落とし込んで、損しない程度、ちょこっともうかる程度に売っていきます。

それがＤＶＤと本のやり方ですね。

あと、テレビも、視聴率の効果が昔ほどなくなったので、チラシ程度の感覚で出る感じだと思っています。

飛鳥　ＰＲですね。

山口　イベントでファンと交流することによって、地道な売上を上げていく、と。現金商法こそ、この時代を生き抜く手法です。

飛鳥　イベントだったら、そこでしか話せないことがありますね。

山口　そうなんですよね。

飛鳥　ＤＶＤだと、ピー音があったり、本だったら伏せ字になるんですが。

山口　そうなんですよ。ライブだと、はっきりといろんなことが言えるというところがありますね。みんな、ライブに来ないと伏せ字やカットした部分はわからないと言っておきます。

飛鳥　確かにね。そういう場合は、来て得した気分になれる。

山口　そうですね。だいたいがテレビで言えない、ラジオで言えない話ですから。僕は、フランス革命期の政治家、ロベスピエールになって、革命が終わった後に首を切られてもいいので、早く皆殺しにしたいですよ。エヴァンゲリオンじゃないですけど、皆殺しにしてやりたいなという感じです。邪魔な出版社のリーマンをね。

時代はチェンジしていかないと、新しいものは生まれない気がします。後に残る若い子たちが、新しいリベラルな時代を作ってくれればいいなあと思ってますけど。

飛鳥　いろんな地方に出掛けて、イベントや興業を打つ。いわゆる業界用語で言うと、どさ回り。もうかるんですよ。

山口　昔はそういう言い方をしてました。
だから、今の歌手も、ＣＤの売上でなく、ツアーでもうけるんですよね。

飛鳥　だから、まめに巡業している演歌が強いのね。

山口　そうなんですよ。フェスや町おこし、お化け屋敷でもうける時代です。

飛鳥　昔のグループサウンズが復活したりしてるのも、結局は、ＣＤが売れない、印税生活ができなくなったせいです。

山口　だから、オカルトのあり方も、ファン密着でイベントをやる、と。
あるいは、僕がやってる開運・妖怪ツアーとかね。飛鳥先生もやってるじゃないですか。

飛鳥　やってますよ。隔月ごとに3本立て講演会「ASKAハイパー・プレミアム3」を、不定期に「ASKAプラ散歩ぃ」を、それ以外にも大型ツアーをタイアップでやっています。

山口　芸能プロも、大手が倒産する噂がいくつもあるんですが、こまめにいろんなグッズを売る、こまめに小さい会場を回る、そういう個人事業主的な動きをしてきた会社は生き残ります。タートルカンパニーとしてはチャンスですよ。

プロレスは日本奴隷化のためにフリーメイソンが持ち込んだ

飛鳥　またプロレスの話ですが、『ディズニーランド』（注・１９５８年〜１９７２年に日本テレビ系で放送された１時間番組）とプロレスとが、昔、同じ時間帯の季節交代で放送されていました。

山口　『ディズニーランド』って、番組の名前ですか？

飛鳥　はい、ウォルト・ディズニーの『ディズニーランド』という番組があったんです。

未来の国、おとぎの国など四つの国があって、その日にティンカーベルが選んだ国で1時間の物語が進行します。

でも、その『ディズニーランド』が終了してから、同じ時間帯でプロレスをやっていました。1年で何度も入れ替わったから、最初はわからなかったです。

アメリカは番組放送が半年ごとなんですって。

例えば、『24-TWENTY FOUR-』（注　2001年～2014年に放送されたテレビドラマ）も半年間やったら、次の半年間に再放送をやります。向こうはそういうシステムらしいです。

そのプロレス番組では、リングで試合が終わるたびに、三菱の掃除機をかけるんですよ。

そういうものなんだと思ってたけれど、実はあれは、巧妙に仕組まれたCMだったんですね。

山口　そうなんですよ。

飛鳥　見ていた当時は、その掃除機が出てくるとほっこりしました。

いいコマーシャルでね。試合が終わるごとにやってました。

山口　プロレス発祥の地、アメリカが一番恐れていたことというのは何だったのか。

日本人を奴隷化しようとしていろいろ押し付けたんだけど、それをことごとく日本人は逆手に取ってしまうわけです。

例えば、発展途上国で感情的に暴動起こしちゃう国とかありますけど、戦後の日本ではそんなことが起こるんじゃないかなとアメリカは想定して、ガス抜きでプロレスを教えたわけです。力道山は、フリーメイソンだった。

フリーメイソンのグランドマスターに確認しましたけれど、間違いなくフリーメイソンがプロレスを始めたと言っています。

ただ、それがガス抜きのためだったのに、逆に日本で、ハイスパートスタイルのレスリングが流行ったり、UWFスタイルのレスリングが流行ったりして、アメリカ人が押し付けたのをことごとく進化させちゃったわけです。

アメリカにとってはそれが、かなり怖かったんだと思うんですよ。

飛鳥　日本人はすぐ吸収しちゃいますからね。

梶原一騎はCIAと癒着している出版社にやられた？

飛鳥　そういえば昔、『チャンピオン太《ふとし》』という漫画がありましたね。週刊少年マガジンかなんかで連載してたはずです。

山口　梶原一騎ですね。

飛鳥　梶原一騎です。あれは画期的でしたね。

山口　吉田竜夫先生ですよね。

飛鳥　そう。「ノックアウトQ（注・主人公の少年レスラー・大東太が使う必殺技）」って。あの技は、本当はあんなに高く飛び上がれるかは別ですけど、理屈は合ってる気はします。

山口　梶原一騎はほんと、国民栄誉賞あげてもいいですよ。

飛鳥　本来はね。

山口　ええ、本来は。彼は、意外と早く死んでるんですよ。

飛鳥　50歳ぐらいでしょう。

山口　57歳で死んだんです。天才でしたよ。

飛鳥　だって、最期もうよぼよぼでしたよ。仙人みたいになっちゃって。某出版社に仕掛けられましたね。

山口　そうですね。ＣＩＡと癒着してる出版社ですから。

飛鳥　後半は出すもの出すもの、あまり振るわなかったですね。もう劇画の時代は終わってましたから。

ところが、殿様になっちゃってましたからね。原作をもっとやらせろって言って。

「お殿様、時代が変わりまして」と言いに行ったのが、当時の某少年誌の副編だった男だけど。

山口　暴行を受けたという人がいたみたいですね。

飛鳥　そう。あれわざと殴られたの。わざと殴られるようにしたと一部の業界では噂でしたね。

山口　仕向けたと。日本人的な根性論の梶原一騎が邪魔だったのかな。

飛鳥　そうかもしれませんが、何とも言えません。だから殴られた彼は、当然、会社からもよくやったってことで誉められて、その後すぐ編集長に昇格しました。

山口　梶原一騎って、青年期の写真とか見ると結構優男で、そんな暴力的な人じゃないですよ。文学青年て感じですよね。

飛鳥　そう。弟で真樹日佐夫という人がいます。

山口　真樹さんは割と武闘派でしたよね。

飛鳥　そう。かなり、いかついです。

山口　城西大学空手部でしたっけ。

飛鳥　そうでしょう。でも、あれは男の時代でしたよ。まだ男が男だった時代ですよ。

山口　優男って、1回マッチョになっちゃうと、ちょっと暴力に走っちゃう傾向があります。三島由紀夫も割とひ弱なイメージがあったけど。

飛鳥　筋肉隆々になったからね。

山口　ボクシングとか始めちゃってね。あんなクーデターみたいなこと仕掛けちゃって。最後、あんなふうに暴発して終わった。

飛鳥　僕は漫画家志望だったから、スタートは手塚治虫から始まったんですよ。それで、手塚治虫のテクニックを全部吸収して持っていったら、「君ね、今、劇画の時代なんだよ。丸い顔で丸い大きな目という時代はとっくに終わってるの」って言われて、劇画を身に付けて持っていったら、「あのさ、今は細い線で、アニメっぽくて、四畳半的で、女の子が売れる時代なんだよ」って言われて……。要は、ずっと時代的に遅れに遅れてたんですよ。それで最終的にどうなったかというと、ずんぐりむっくりな三頭身の飛鳥昭雄の漫画に八頭身のミスター・カトウが出てきた。

あれは要は、僕が遠回りしてこそできた作品なんですよ。遠回りしなかったら、あの漫画は出てこなかったです。ミスター・カトウ、あれは線がゴルゴ13みたいな劇画調ですからね。

山口　一番面白い時代でしたよね。漫画にしても、プロレスにしても、野球にしても。

飛鳥　何でもできた時代ですね。でも一番ショックだったのが、ジャンプが出たときです。それまでの週刊少年漫画は、冒頭にオカルトとか、かっぱとか戦艦とか、特集が必ずあったんですよ。絶対あった。これはもう、儀式のようにありました。

でも、ジャンプが出てから消えたんですよ。新参者のジャンプには冒頭特集記事の予算がなくて、これまた予算がないので大御所に頼めず、新人の漫画だけになり、それが時代とマッチして売れに売れまくった。

それで冒頭を飾っていたオカルトページが消え、週刊少年漫画雑誌に、女の子の水着が出始めて。

山口　石原豪人《ごうじん》の絵、すごかったですよね。妖怪の絵は昭和のトラウマです。

飛鳥　石原豪人はいいですよ。妖怪とか描いてましたね、UMAとか、私も大好きでした。彼の展示会があれば必ず行きたいですね。

山口　あの時分に育った子どもたちは、みんなネッシーとか話題にしていました。

飛鳥　何に主に描いてましたか？　チャンピオン？

山口　チャンピオンじゃなくて、サンデー、マガジンじゃないですかね。

すごい怖い劇画でしたね。

飛鳥　わかります。あまりに引く手数多《あまた》に描いていましたから、どこの雑誌が中心かわからないほどでした。

山口　豪人の原画イラストが、全部ごっそり残ってるんですよ。著作権の管理が微妙な感じになっていて。もったいないですよ。

あれ、想像力で描いたとしたらすごいですよね。

飛鳥　ほとんどそうですよ。彼は間違いなく一つの分野を確立した天才でしょう。

力道山と在日を使ったGHQの日本分断計画

飛鳥　ここらで、プロレスオカルト話にいきますか。

山口　ちょっと、テレビでは放送禁止の話をしましょうか。

飛鳥　おお。

山口　大木金太郎の頭突きは、『原爆頭突き』と呼ばれていたんですが。

飛鳥　知っています。

山口　あれは、テレビで言おうとすると、怒られるんですよ。原爆を、頭突きで例えたので。僕、テレビで『原爆頭突き』の話とか、蝶野（正洋）の『やくざキック』の話をしようとしたら、「『やくざキック』なんて言い方はやめてください」って怒られましたよ。

飛鳥　本人から？

山口　いや、スタッフに。

飛鳥　スタッフから。なるほど。視聴者からのクレームが怖いんだ。

山口　新日（注・新日本プロレス）の中継を見ていたら、途中から、蝶野の空手の素養がない蹴りってあるじゃないですか。

やくざが、寝転んでる奴に入れる蹴りを、『やくざキック』って言ってたんですよ。

飛鳥　それで『やくざキック』って言うんですか。なるほど。

山口　途中で、『けんかキック』という言い方になりました。

飛鳥　名前が変わったんですね。

山口　『原爆頭突き』も、言われなくなりましたよ。

飛鳥　頭突きは、昔は、真正面でした。大木（金太郎）は独自のやり方だったでしょう。

山口　そうです。

飛鳥　おお、これは新しい頭突きだと思いましたね。

山口　やっぱり、あれは韓国のです。あの人、韓国人なんですね。

飛鳥　そうですね。

山口　韓国の人って、割と頭突きでけんかするらしいんですよ。

飛鳥　そう。パッチギ（注・韓国語で「突き破る」「乗り越える」または「頭突き」）。

山口　けんか用語の韓国語がよく日本語に入ってきています。
不良用語っていうのは、例えば、タンべっていうのはタバコのことで、タンべよこせやって言うでしょう。あれも確か、韓国語がルーツなんですよね。

飛鳥　なるほど。

山口　あとは、頭突き入れることを、パチキ入れるとか言います。これはたぶん、関西です。

飛鳥　パチキですね。

山口　パチギれるっていうんです。それも韓国語ですね。

飛鳥　だって、力道山自身がそうですからね。

山口　娘さんがいらっしゃいますよね、北朝鮮に。

いてます。

飛鳥　確か、極真の大山（倍達）さんも北の方で、日本と半島の両方に奥さんがいたと聞いています。

山口　そう、あの人もそうですね。半島に奥さんがいて、日本にも奥さんがいて。あれは、ＧＨＱが日本人を占領するのに都合良かったですね。

フリーメイソンに確認したんですけれど、日本人のガス抜きをするために、力道山に空手チョップでアメリカ人をなぎ倒させて、日本人の鬱憤《うっぷん》を発散させようとしたんです。暴動が起こったら困るからということだったんです。

飛鳥　確かに力道山は、ずいぶんアメリカに行ってましたからね。

山口　ＧＨＱはそれを戦略的志向の下でやって、興業してたんですよ。

芸能界とか興業の世界を知っている人は、「日本人は『我々の代表の力道山が、アメリカをやっつけてくれてる、わあ』って喜んでるけど、実はあの人、日本人じゃないんだよね」っていう思いで見ていたらしいです。

力道山は、今でこそ韓国人だったたって普通に言われてますけど、当時はタブーでしたよね。

飛鳥　そう、タブーでした。相撲業界では、結構いじめられたみたいですけどね。

山口　そうなんですね。でも、どうなんでしょう。戦争中は、同じ日本人として一緒に戦ったんですよね。今の韓国の人は、文化圏が完全に別になっていますけど。

飛鳥　ＧＨＱの時代には、ある意味、日本を分断するのに、在日系の人たちとかをうまく使っていったんです。

山口　そうなんですよね。

飛鳥　実は１９７０年代初頭に、戸籍を３代以上は遡《さかのぼ》らせない法律を作ったんですよ。

山口　そうですね。

飛鳥　私が聞いた限りの話ですが、芸能界の、３分の１以上が在日系の方だと。あとの３分の１がある新興宗教の信仰者。

その宗教の教祖は、完全に在日の方なんですね。

山口　あの人は、純粋な在日なんですね。

飛鳥　そう。で、安倍晋太郎の父親は、「もともと自分は朝鮮人だ」と言ってますから。

山口　田布施（注　山口県田布施町）は、もともと朝鮮の村ですから。豊臣秀吉の時代の韓国人ということですね。

飛鳥　小泉氏、彼も在日ですから。前都知事の舛添氏も在日ですから。
実は、政治は、在日と帰化人に完全に牛耳られてるんです。

山口　実は、日本人も、在日の人も、全部がまんまと罠にはめられている……。

飛鳥　そう。実際、当時のＫＣＩＡが動いてるんですが、これの元はＣＩＡですから。アメリカは着々と進めています。あと、天皇家も在日と入れ替える策略で動いているというんです。

山口　そういう話がありますね。

アメリカの植民地政策最終段階

飛鳥　はっきり言って、天皇家も在日が全部支配するということを、実は韓国じゃなくて、アメリカが狙ってるんですよ。

山口　そうなんですよ。だから、アメリカの植民地政策として……。

飛鳥　最終段階ですよね。

山口　マイノリティによって日本人を支配すれば、日本人の恨みはマイノリティに行って、アメリカに行かないんです。

飛鳥　そういうことなんですよ。

アメリカという国が恐ろしいのは、１００年スパンで考えているところなんです。右に倒れても、左に倒れても、必ずアメリカの勝ちになるように計略し、そのために波状攻撃をするんですよ。

山口　韓国でも不当に差別されてる済州島の人とか、昔でいう百済のエリアの人たちが、差別から逃れて日本に移住してきました。

一方で、日本人で同じように不当な差別の対象だった人たちが、馬肉とか牛肉を扱っていました。

その関係で、韓国の人たちが彼らに焼肉文化を教えて、むしろ、差別をなくす運動を日韓併合時代にやったんですよね。

飛鳥　そうです。

山口　結局、北朝鮮人、韓国人、在日の人、日本人。全てがアメリカの駒に使われているわけです。

飛鳥　韓国の男性7人グループ「BTS／防弾少年団」で問題になった原子爆弾ですが、あの投下は、広島、長崎という順番じゃないです。

本来は違ったんですよ。

去年、アメリカから出てきた文書によると、最初は京都だったんです。

コロラド州コロラドスプリングスの「アメリカ空軍士官学校」の図書館で、原爆計画のインタビューテープが発見され、その中に、「最初の原爆は7月に準備され、もう一つは8月1日頃に準備され、1945年の暮れには、さらに17発が製造されていた」の発言があり、マンハッタン計画を推進していたグローブス准将が、日本への原爆大量投下を計画していたことが判明したんです。

さらにグローブス准将は、以下のようなコメントをテープに残しています。

「ルーズベルトが知っていたのは、私が責任者を務めていることだけで、彼から原爆の進捗状況について聞かれたことは一度もない」「原爆開発は全て私に任せられ、そのため、（議会から）何の邪魔もされずに開発を進められた」「ルーズベルトが知っていたのは、巨大プロジェクトに時間がかかるというだけで、本当は完成するとは思っていなかったようだ」と語っているんです。

彼が仕切ったいくつかの議事録にも、原爆投下を「東京」にしていたことが判明し、その最大の理由が、首都と一緒に国体である天皇も一族もろとも地上から消し去ることだったんです。

さらに、グローブス准将が東京より先に原爆を落としたかった都市が、広島でも長崎でもなく、京都だったことが録音テープから判明しました。

なぜ京都かっていったら、日本の一番のアイデンティティを、まず完全破壊して日本人の腰を折るためでした。

このようにグローヴス准将は京都への原爆投下を優先しましたが、陸軍長官ヘンリー・スティムソンは、京都への原爆投下だけは許可しなかったのです。

なぜなら、そのとき既にアメリカは民間人を爆撃しないと定める「ジュネーヴ条約」に著しく違反し、計106回もの「東京空襲」で女子供を含む10万人以上を焼き殺していました。

この上、軍需地帯でもない京都への新型爆弾（原爆）の投下は、文化財保全を目的とする「レーリヒ条約」にも違反する重大問題だったからです。

当時、原爆は17ありました。

それらを全部落としていって、どうせ玉砕して死にたがってる日本人を、アメリカが協力して全員殺す計画でした。

これ、ちゃんとデータが出ていますからね。

「1億総玉砕」って日本人が言ったんだから、じゃあ、手を貸してあげましょう、という虐殺計画でした。

それを打ち破ったのが、天皇陛下なんです。

玉音放送で、アメリカの民族消滅計画がダメになったんです。

要は、日本民族の根幹にかかわる天皇という存在は、本来、アメリカ側にしたら憲法違反なんですよ。

でも、それで救われたわけです。

それと全く同じだと言われている生前退位。あれで、天皇家が在日に完全に支配されるところを回避できたんですね。

危なかったんですよ、国体が。

だから、生前退位という裏の手を使い、皇太子が次の天皇だって決めたんです。

もし決めていなかったら、たいへんなことになっていました。皇室が在日に乗っ取られていましたよ。

山口　決して、差別が前提のお話をしてるわけではないです。

飛鳥　はい、言いたいのは、バックがアメリカということなんです。

山口　これは、明言しないとね。

著者プロフィール

飛鳥 昭雄（あすか あきお）

1950年大阪府生まれ。アニメーター、イラスト＆デザインの企画制作に携わるかたわら、漫画を描き、1982年漫画家として本格デビューする。
漫画作品として、『ネオ・パラダイムASKAシリーズ』（学研＋）、作家として「失われた八咫烏の古史古伝『竹内文書』の謎」（学研＋）、小説家として別名の千秋寺京介の名で『怨霊記シリーズ』（徳間書店）を発表している。
現在、飛鳥堂株式会社の代表取締役社長として飛鳥堂出版を立ち上げ『聖徳太子大全＜円規之巻＞』『聖徳太子大全＜曲尺之巻＞』『第三次世界大戦勃発』を発行し、サイエンス・エンターテイナーとしても、ＴＶ、ラジオ、ネットで活動中。

山口敏太郎（やまぐち びんたろう）

1966年徳島県生まれ。神奈川大学卒業、放送大学12で修士号を取得。1996年学研ムーミステリー大賞にて優秀作品賞受賞。西東社「日本の妖怪大百科」「せかいの妖怪大百科」は2冊まとめて21万部突破、著書180冊を超える。出演番組は「ビートたけしの超常現象Xファイル」「マツコの知らない世界」「おはスタ」「有吉AKB共和国」「クギズケ」など500本を超える。

山口敏太郎プロデュースニュースサイト「アトラス」
https://mnsatlas.com/
世界の陰謀や裏側の真相を暴く！山口敏太郎のメールマガジン「サイバートランティア」
https://foomii.com/00015
暴露、表で言えない激ヤバ情報のメルマガ！
山口敏太郎のサイバーアトランティア
http://foomii.com/00015
山口敏太郎公式ブログ「妖怪王」
http://blog.goo.ne.jp/youkaiou/

日本人《にほんじん》奴隷化《どれいか》計画《けいかく》【最終段階《さいしゅうだんかい》】

今《いま》こそ龍体《りゅうたい》の力《ちから》を奪還《だっかん》し
白《しろ》い悪魔《あくま》の無慈悲《むじひ》な殺戮《さつりく》を止《と》めよ

著　者　飛鳥《あすか》 昭雄《あきお》／山口《やまぐち》 敏太郎《びんたろう》

明窓出版

平成三一年二月二十日　初刷発行
令和元年十二月十五日　二刷発行

発行者 —— 麻生 真澄
発行所 —— 明窓出版株式会社
〒一六四—〇〇一二
東京都中野区本町六—二七—一三
電話　（〇三）三三八〇—八三〇三
ＦＡＸ（〇三）三三八〇—六四二四

印刷所 —— 中央精版印刷株式会社

落丁・乱丁はお取り替えいたします。
定価はカバーに表示してあります。

ISBN978-4-89634-396-0

「YOUは」宇宙人に遭っています
スターマンとコンタクティの体験実録
アーディ・S・クラーク著　益子祐司訳

スターピープルとの遭遇。北米インディアンたちが初めて明かした知られざる驚異のコンタクト体験実録

「我々の祖先は宇宙から来た」太古からの伝承を受け継いできた北米インディアンたちは実は現在も地球外生命体との接触を続けていた。それはチャネリングや退行催眠などを介さない現実的な体験であり、これまで外部に漏らされることは一切なかった。

しかし同じ血をひく大学教授の女性と歳月を重ねて親交を深めていく中で彼らは徐々に堅い口を開き始めた。そこには彼らの想像すら遥かに超えた多種多様の天空人（スターピープル）たちの驚くべき実態が生々しく語られていた。

虚栄心も誇張も何一つ無いインディアンたちの素朴な言葉に触れた後で、読者はUFO現象や宇宙人について以前までとは全く異なった見方をせざるをえなくなるだろう。宇宙からやってきているのは我々の祖先たちだけではなかったのだ。


「これまで出版されてきたこのジャンルの中で最高のもの」と本国で絶賛されたベストセラー・ノンフィクションをインディアンとも縁の深い日本で初公開！　1900円（税抜）